गोमती

गोमती

कमलेश कुमार

KALPAZ

गोमती

ISBN : 978-81-7835-985-4

मूल्य : रू. 90

भारत में सन् 2013 में प्रकाशित

कल्पज़ पब्लिकेशन,
सी–30, सत्यवती नगर,
दिल्ली – 110052
Phone : 9212142040
ई–मेल : kalpaz@hotmail.com

टंकण : शाह कम्प्यूटर ग्राफिक्स
मुद्रित : चावला ऑफसेट प्रिंटर्स, दिल्ली

‘माँ’

और

‘पिताजी’

को समर्पित।

अनुक्रम

आभार

मैंने इस उपन्यास को लिखने के लिए अनेक असफल प्रयास किए। अंततः दो वर्षों के संघर्ष के पश्चात् इसे लिखने में व आपके सामने प्रस्तुत करने में सफल हुआ हूँ। इस दौरान कई विकट परिस्थितियाँ भी आई पर मैंने लिखने का क्रम जारी रखा।

इस उपन्यास को लिखने में मुझे अपने प्रेरणा स्रोतों श्री मीठालाल मेहता (पूर्वमुख्य सचिव, राजस्थान), श्री भूपेन्द्र कुमार दक्क (पुलिस कमिश्नर, जोधपुर), श्री आर. एम. कोठारी (पूर्व आई. आर. एस. अधिकारी), श्री सुनिल गर्ग (ज्वाइंट कमिश्नर, राष्ट्रपति भवन), श्री श्याम सुन्दर बिस्सा, श्री अनिल शाह, श्री नरेन्द्र कुमार (IAS), श्री के. एस. सरोहा (एडवोकेट) का काफी सहयोग मिला। इसके लिए मैं इनका आभार व्यक्त करता हूँ।

मैं अपने शिक्षकों – श्री श्रवणसिंह राजपुरोहित, श्री प्रेमसिंह, श्री दिलदार खान का भी आभार व्यक्त करता हूँ जिन्होंने मुझे ज्ञान की शक्ति देकर इस योग्य बनाया है।

साथ ही मैं अपने अग्रजनों ओमप्रकाश आंजणा, जीनगर दुर्गाशंकर गहलोत, ललित जीनगर (राजू), तेजराम वाघेला, ईश्वर सिंह को एवं मित्रवत् अनुजों भारत आंजणा, रमेश पटेल, रामचन्द्र स्वामी, जगदीश पटेल का भी आभार व्यक्त करता हूँ जिन्होंने तत्परता के साथ मेरी समस्याओं का समाधान करने में सहायता दी।

मैं अपने परम मित्रों–सुमित अजय, पद्मा रिग्जीन, जॉनदास, फुॅगसुंग का भी आभार व्यक्त करता हूँ जिन्होंने मेरी रूचि को प्रोत्साहित किया।

और अंत में, मैं कल्पज़ पब्लिकेशन का आभार व्यक्त करना चाहूँगा, जिनके सहयोग बिना यह कार्य संभव नहीं था।

दिल्ली

कमलेश कुमार

लेखक की ओर से

ग्रामीण जीवन से जुड़े मेरे कई अनुभव हैं। ऐसे असहनीय अनुभव जिनके बारे में मेरे हृदय में शुरू से ही हलचल मची रही कि आखिर क्यों इस वर्ग को सदियों से ठुकराया जा रहा है? शोषण किया जा रहा है? असमानतापूर्ण पशुवत् व्यवहार किया जा रहा है? इन्हीं सवालों ने मुझे आंदोलित किया है कि क्या आगे भी ऐसा ही चलता रहेगा? नहीं।

जब मैं अपने ग्राम्यजीवन से दिल्ली जैसे राजधानी–महानगर में उच्च शिक्षा के लिए आया तो मुझे अपने सवालों के जवाब मिले। मेरे हौंसले और बुलंद हुए और मैंने अपने अनुभवों को 'गोमती' के माध्यम से आप तक पहुंचाने की कोशिश की।

'गोमती' वर्तमान समाज के उस 'वर्ग' की असहनीय पीड़ा को प्रकट करती है जो आज भी शोषित है, अधिकार विहिन होकर जीने को मजबूर है। समाज के उच्च वर्ग द्वारा उसका 'जाति' के नाम पर शोषण किया गया परंतु अन्ततः सब कुछ सहने के बाद वही गोमती तथाकथित 'उच्च समाज' के नाम का ढोंग रचने वाले लोगों को ललकार कर अपना विकास करती है, गाँव का विकास करती है, कल्याण एवं उन्नति के सपनों को पूरा करती है।

'गोमती' के माध्यम से मैंने यह बताने की कोशिश की है कि निम्न वर्ग भी कल्याण तथा उन्नति की चाह रखता है, वह भी विकसित होकर समाज के साथ मुख्य धारा में चलने की चाह रखता है। परंतु समाज के कुछ 'उच्च' लोग आज भी उनको रोके हुए हैं। उनको गरीबी में जीने पर मजबूर किए हुए हैं। उच्च पदों पर पहुँचने के बाद भी उनको अधिकारों से वंचित रखने की कोशिश की जाती है। उन्हें पुनः उसी शोषित वर्ग का हिस्सा बनाये जाने की जी तोड़ मेहनत की जाती है।

मैंने काफी सोच-विचार के पश्चात् 'गोमती' को गढ़ा है। मैंने उस ग्रामीण व्यवस्था की तस्वीर खींचने की कोशिश की है जहाँ राजनीति ने वर्गों के

मध्य विभाजन रेखा को और चौड़ा कर दिया है। उसी संघर्ष में 'गोमती' जैसी नारी सदा ही असहाय महसूस करती है पर कुछ संबल मिल जाने पर वह अपने अधिकारों की प्राप्ति के लिए संघर्ष भी करती है।

आशा है 'गोमती' के रूप में मैंने जो संदेश देना चाहा है वह आप तक पहुँचेगा एवं आपकी प्रतिक्रिया मुझे मिलेगी।

कमलेश कुमार

1

विभागीय पत्र

रात का अँधेरा और घना हुआ जा रहा है। करीब २ बज गये हैं। वातावरण में शांति पसरी हुई है। केन्द्र की महिलाएं घोर निन्द्रा में हैं। सर्दी की वजह से ताप की व्यवस्था की गई है। लकड़ियों के जलने से वातावरण में गर्मी उत्पन्न हो रही है पर सुजाता की आंखो में तनिक भर भी नींद नहीं है। पास में रखे टेबल लैम्प को वह बार–बार निहार रही है। शायद विचारों के जाल में स्वयं को उलझा हुआ पा रही है। वह बार–बार उस पत्र के अंदर लिखे शब्दों को पुनः पहचानने की असफल कोशिश कर रही है। बार–बार घूम फिरके उसकी उंगुली 'गोवर्धनपुर' पर आकर रूक जा रही है। वह उससे नजर हटाने में नाकाम हो रही है। पता नहीं क्या सोच रही है वह ? किसी अन्तर्द्वन्द्व में फंसी जा रही है वह ? जब से कालू ने कल वह पत्र लाकर केन्द्र में सुजाता को दिया था, तब से ही सुजाता बैचेनी, उदासी की अवस्था में प्रवेश कर गई थी। कमला दीदी के बार–बार पूछने पर भी सुजाता ने कुछ न कहा। अपने आपको कमरे में बंद कर लिया।

कमला दीदी भी सुजाता की उदासी से वाकिफ नहीं हो पाई। पिछले 6 सालों में सुजाता को इतना उदास कमला दीदी ने आज तक नहीं देखा था जितना वह कल से है। कमला दीदी ने खूब जानने की कोशिश की पर सुजाता ने अपना मुँह तक नहीं खोला।

सुजाता को केन्द्र में सभी ने हमेशा खिल खिलाते खुश ही देखा है। जब से कमला दीदी उसे केन्द्र में लाई थी तब से ही सुजाता ने सभी के काम में सहयोग कर सभी का दिल जीत लिया। केवल शुरूआती एक–दो महिनों में ही वह सिलाई का सारा काम सीख गई। वह हँसमुख है। सदा कार्य में समर्पित रहती हैं।

सप्ताहांत पर आयोजित शिविर का संचालन भी बड़े जोर–शोर से सुजाता किया करती है। पूरे शहर में केन्द्र का नाम भी काफी हो गया है। बेसहारा महिलाओं को सहारा देने के लिए मशहूर कमला दीदी के 'महिला सेवा केन्द्र' में नई जान आ गई। सभी मिल जुल कर काम किया करती है। केन्द्र में सभी सुखी हैं। किसी को केन्द्र में किसी भी प्रकार की कमी या समस्या नहीं है। सभी को पर्याप्त सहारा व सम्मान दिया जाता है। सभी एक दूसरे का दुख बाटंकर सुखी जीवन की ओर अग्रसर हो रहे हैं।

सुजाता सभी की प्यारी और सभी को खुश रखने में माहिर हैं। अपना दर्द भीतर छुपाये वह खुश रहती है। पिछले साल ही केन्द्र में महिलाओं की संख्या 100 से उपर हो गई फलतः केन्द्र के पास पड़ी जमीन पर नया निर्माण कार्य कर अलग से व्यवस्था की गई जिसकी जिम्मेदारी सुजाता के कँधों पर कमला दीदी ने रख दी।

सुजाता ने बड़े मनोयोग से अपनी जिम्मेदारी को निभाया। किसी को कष्ट नहीं होने दिया। सभी की जरूरतों का ख्याल रखा गया। शाम को संचालित विद्यालय में सुजाता भरसक प्रयास कर ज्ञान की ज्योति जलाने की कोशिश करती ताकि घरों से दहेज के नाम पर, कुलटा के नाम पर कुलदीपक पैदा न करने के नाम पर सभ्य समाज से निकाली गई इन औरतों का भाग्य अंधकार मय न हो तथा भावी जीवन की चुनौतियों का सामना कर सकें तथा अपनों अधिकारों को प्राप्त कर सकें।

"सुजाता! सुजाता! कहाँ हो तुम ? कब से तुम्हें आवाज दे रही हूँ।" पुकारते–पुकारते कमला दीदी सुजाता के कमरे के पास पहुँची।

"हा। दीदी।" कहकर अपने विचारों से जागी और दरवाजा खोलकर कमला दीदी के सामने खड़ी हो गई। रात भर नींद न लेने की वजह से सुजाता की आँखे लाल हो चुकी हैं, पर वह शायद अब भी पूरी तरह विचारों से नहीं जागी हैं।

"कहाँ खो गई हो तुम ? कब से आवाज दे रही हूँ तुम्हें, तुम सुन क्यों नहीं रही हो?" कमला दीदी ने थोड़े गुस्से भरे स्वर में कहा।

"बस यहीं कुछ सोच रही थी दीदी"..... सुजाता अपनी बात पूरी नहीं कर पाई थी कि कमला दीदी ने बीच में ही रोक दिया।

''क्या सोच रही थी तुम? मैं कल से तुम्हें उदास देख रही हूँ। क्या बात हैं?''

''दीदी! मुझे गोवर्धनपुर जाना पड़ेगा।'' सुजाता के इतना कहते ही कमला दीदी की आंखे गुस्से से लाल हो गई।

''कहीं तुम पागल तो नहीं हो गई हो ? उस नर्क में वापस जाना चाहती हो तुम। मुझे इसी दिन को देखना पड़ेगा कि बुढ़ापे में मैं तुम्हें वहाँ जाने दूँ।'' कमला दीदी ने गुस्से में कहा।

''दीदी। ऐसी बात नहीं है कि मैं अपनी मर्जी से वहाँ जाना चाहती हूँ। कल समाज कल्याण विभाग से पत्र आया था। हमारे केन्द्र को गोर्धनपुर में सरकारी जमीन पर बने 'कुटीर उद्योग केन्द्र'' का परीक्षण कर रिपोर्ट देने को कहा गया है। इसीलिए मैं आपसे कह रही हूँ।'' सुजाता ने अपनी बात पूरी की।

'क्या?'' कमला दीदी ने अपना पसीना पोछते हुए पूछा।

''हाँ दीदी केन्द्र को परीक्षण कर एक महीने के अन्दर ही रिपोर्ट विभाग को भेजने को कहा गया है।'' सुजाता ने कमला दीदी की परेशानी को भाँपते हुए कहा।

''मै तुम्हें वहाँ नहीं जाने दुंगी। मैं अभी विभाग को पत्र लिखकर स्वयं आकर परीक्षण करने का अनुरोध करूंगी। मैं व्यवस्था करती हूँ।'' कमला दीदी ने सुजाता की बांह पकड़ते हुए कहा।

''पर दीदी, अगर में खुद वहाँ जाना चाहूँ तो.......।'' सुजाता ने अपना सिर झुकाते हुए कहा।

''नहीं नही। मैं तुम्हें वहाँ नहीं जाने दूँगी। तुम खुद उस दुखदायी पीड़ा को भुगत चुकी हो। मुझसे कुछ छिपा नहीं है। तुम कहीं नहीं जाओगी।'' कमला दीदी ने ऊँचे स्वर में कहा।

''मैं सब जानती हूँ दीदी। कुछ भी नहीं भूली। आज भी वो दुखदायी घटना क्रम अपनी आँखों के सामने घूम रहा है। पर अब इतने सालों बाद, मैं उसका सामना करना चाहती हूँ दीदी। मैं देखना चाहती हूँ कि गांव की मिट्टी में कितना अंतर आ गया है। मुझे वहां जाने दो दीदी।'' कहते-कहते

सुजाता की आखों में आंसू आ गये। दीदी ने उसे गले लगा लिया। कुछ क्षण केवल सुजाता के सुबकने की आवाज सुनाई दी।

"तुम खुद समझदार हो सुजाता। मेरी नजर में अब तुम खुद अपना भला बुरा समझती हो। मेरी मानों तो वहाँ जाने की जिद छोड़ दो। मेरा तो अभी से दम घुटने लगा है। भगवान न करे पर वहां तुम्हारे साथ कुछ हो गया तो.......नहीं नहीं, मैं तुम्हें वापस खोना नहीं चाहती।" कहते कहते कमला दीदी का गला भर आया और रोने लगी। सुजाता ने कमला दीदी को सँभाला।

"दीदी। मैं समझती हूँ आपकी बातों को, पर मुझे अपने गांव तो एक न एक दिन जाना ही था और आज भगवान ने स्वंय वो अवसर प्रदान किया है। बस आप मेरा साथ दीजिए दीदी।" कहकर सुजाता ने दीदी को गले लगा दिया।

सुजाता स्वयं आने वाले समय को लेकर चिन्तित है। उसके सामने वो ही घटनाक्रम चलने लगा, जो पिछले छः सालों पहले उसने झेला था। वह नफरत करने लगी थी पुरूष जाति से, उस झूठी मानमर्यादा का दिखावा करने वाली उच्ची जाति से, जिसकी वजह से उसको अपना सब कुछ खोना पड़ा था। पर वह वर्तमान में अपने को उन घावों से उबार चुकी हैं। उसने गोवर्धन पुर जाने का मन बना लिया है। वह उस जातिवाद की जटिल व्यवस्था पर खड़े गांव की मिट्टी पर कदम रखना चाहती है, जिसे छोड़ वह छः साल पहले शहर चली आई थी।

सुजाता जाने के लिए तैयार हो चुकी है। कमला दीदी अभी भी उसे समझा रही है पर कमला दीदी भी यह जान चुकी है कि सुजाता अब कहीं अधिक मजबूत हो चुकी है। वह उस निर्दयी गांव का सामना कर सकती है जहाँ उसके साथ अन्याय हुआ था।

2

गोवर्धनपुर

गाँव–गोवर्धनपुर। यह एक छोटी नदी पर बसा हुआ गांव है, शहर से 70 किमी दूर। नदी ही गांववालों के लिए पीने के पानी की समस्या का हल करती है। गाँव में जातिवाद अपने पूरे उत्कर्ष है। गांव में मुख्य केन्द्र ठाकुर की हवेली है। हवेली से दूर किनारे पर नीची जात वालों की बस्ती है।

गाँव के पास बहती नदी का कल–कल करता जल व लहराती-लहरायी सौन्दर्य में वृद्धि करती है पर जैसे जलते दीपक के तले सदा अंधेरा रहता है उसी तरह यहाँ भी जातिवाद का बोलबाला होने से ठाकुर की हवेली सदा दुल्हन की तरह नाचती रहती है, चमकती रहती है जबकि बस्ती सदा अंधकार में डूबी रहती है और इस अंधकार को प्रोत्साहन देने वाले है हवेली के ठाकुर जब्बर सिंह।

ठाकुर की हवेली गांव का प्रमुख केन्द्र है। इसके ठाकुर जब्बरसिंह की आयु यहीं 65 वर्ष के आस–पास है। ठाकुर ने दो शादियाँ कीं पर असमय ही ठकुराईनों की मृत्यु हो गई। तब से ठाकुर अकेले हैं। जवानी में बस्ती के अछूतों की कन्याओं को अपने बिस्तर की शोभा भी बनाया, पर अब उम्र का असर हो गया है।

वैसे ठाकुर जब्बरसिंह पिछले तीन बार से गाँव पंचायत के सरपंच हैं और चौथे कार्यालय का अंतिम वर्ष चल रहा है। ठाकुर के आगे किसी की भी खड़े होने की हिम्मत ही नहीं होती फलतः वे निर्विरोध ही चुने जाते हैं। सरपंच के कार्यालय में ठाकुर ने किसी को अपने सामने उठने का मौका नहीं दिया। शायद इसी वजह से गाँव में पक्की सड़क तक न बन पाई।

ठाकुर के दो छोटे भाई है–जोरावर सिंह व गजेन्द्र सिंह।

जोरावर ठाकुर से छोटा पर गजेन्द्र से बड़ा है। वह गाँव में ही रहता है। दबंग किस्म का आदमी है। हमेशा सिर पर खून सवार रहता है। पत्नी रूपकँवर को भी कभी-कभार शराब के नशे में बच्चों के सामने पीट देता है। गाँव वाले उससे डरते है। सामने मुँह तक खोलने की हिम्मत नहीं करते। कई बार गाँव की बहू-बेटियों के साथ जोरावर को गाँव वालों ने देखा पर ठाकुर के सामने शिकायत कौन करे? यहीं पर बात मुँह में रह जाती।

गजेन्द्र सबसे छोटा है। शहर में कॉलेज की पढ़ाई कर रहा है। कभी–कभार छुट्टियों में गाँव में आता है पर ठाकुर उसे हवेली के बाहर जाने ही नहीं देता है। गजेन्द्र की विकासवादी मानसिकता से ठाकुर वाकिफ है इसलिए ठाकुर ने बस्ती से उसे दूर रखा है पर कब तक ? इसी सोच में ठाकुर थोड़ा चिन्तित रहते हैं। जोरावर अनपढ़ है इसलिए ठाकुर गजेन्द्र की पढ़ाई खत्म होते ही अपना उत्तराधिकारी बनाना चाहते हैं ताकि वह भी जनता का प्रतिनिधित्व करने वाली "वंशानुगत" पँचायत को सुशोभित कर सकें। इसी कारण ठाकुर उसे ठाकुरों की मानमर्यादा शौर्य के बारे में बताया करते ताकि उसमें ठाकुरों का वर्चस्व बनाये रखने की सोच बनी रहे।

गाँव में पांच–छः घर ब्राह्मणों के है तथा व्यापारियों की तीन चार दुकानें हैं। ये सभी हवेली के आस पास ही बने हैं। नीची जात वाले लोग दूर बस्ती में रहते हैं जहाँ वर्षा ऋतु में उफनती नदी का पानी पहुँच कर तबाही मचा देता है। सभी कच्चे घरों में रहते हैं। बस्ती एक पगडंडी से मुख्य गांव से जुड़ी है।

बस्ती में सभी लोग मिलजुल कर रहते हैं। कुछेक के पास छोटे–छोटे खेत हैं जिस पर वे वर्ष भर मेहनत कर सालभर का अन्न उगाते हैं बाकि ठाकुर के खेतों पर मजदुरी पर काम करते हैं। इससे उन्हें दो वक्त का भोजन मिल जाता है।

बस्ती में कोई भी पढ़ा लिखा नहीं है। गाँव में प्राथमिक विद्यालय में पढ़ाई तो होती है पर ऊँची जाति के अध्यापक केवल ऊँची जात वालों को ही पढ़ाना पसंद करते हैं। बस्ती के कुछेक बच्चे शुरू से स्कूल जाते हैं पर अमानवीय व्यवहार को झेलकर एक दो दिन में ही उनको आभास हो जाता

है कि वे खेतों में काम करने के लिए पैदा हुए हैं न कि स्कूल में पढ़कर शहर जाने के लिए।

गाँव में हरेक काम ठाकुर के दिशा–निर्देश पर ही होता है। पिछले 7 सालों में गाँव व आस-पास की ढागियों के केवल ऊँची जात के लड़के ही पाँचवी पास कर शहर जा रहे है और वर्तमान में भी यही क्रम जारी है।

बस्ती में अशिक्षा निर्धनता आदि के कारण अंधेरा छाया रहता है। सभी ठाकुर के इशारों के ऊपर चलने वाले लोग हैं। कभी कभार तो बेगारी भी करनी पड़ती है। कई दिनों तक भूखे रहना पड़ता है। फसल के वक्त दिन भर काम करने के बावजूद पेट भर खाना नहीं मिल पाता है। ठाकुर ने कभी भी बस्ती वालों को ऊपर उठाने की कोशिश न की। इसी में वह अपनी तथाकथित "मानमर्यादा" में बढोतरी समझता है। उसने इनको पैरों में ही रखा है ताकि नीच जात के लोग आगे चलकर आँखों में आँखें डालकर बात करने की हिम्मत न कर बैठें।

ठाकुर के "सुप्रयासों" से सरकारी प्रयासों का लाभ केवल कागजों में ही देखा जा सकता है। इंदिरा आवास योजना के दायरे में आने वाली बस्ती में एक भी पक्का घर नहीं बन पाया। जब भी कोई सरकारी कर्मचारी या प्रतिनिधि गाँव में आता तो अपनी मुट्ठी गर्म कर वह बिना निरीक्षण के हवेली से भावभीनी विदाई लेकर चला जाता। बस्ती वालों ने आजतक कोई कर्मचारी बस्ती में नहीं देखा। किसी को भी बस्ती के बारे में एक बार भी ख्याल नहीं आता। ठाकुरों की तथाकथित 'मर्यादा' की भेंट बस्ती चढ़ रही है।

गाँव में प्राथमिक स्वास्थ्य केन्द्र तो हैं पर कँपाउडर सदा ठाकुर की हवेली में नतमस्तक रहता है। उसे बस्ती वालों के लिए फुर्सत ही नहीं है। यदि कोई बस्ती का मरीज हिम्मत करके स्वास्थ्य केन्द्र पहुँच भी जाता तो उसे यह कहकर टरका दिया जाता कि

"अठे धारे मर्ज को इलाज न हो पावेगो। थने शहर ही जानो पड़ेगो।'

शहर का नाम सुनकर ही मरीज अपने आधे प्राण छोड़ दिया करता। इतने पैसे गरीब बस्ती वालों के पास कहाँ कि शहर जाकर इलाज करा सके। अपने जन्म को ही वह अपना दोष देकर रह जाते।

3

भोला

हमेशा की तरह भोला ने सुबह 5 बजे ही बिस्तर छोड़ दिया। हाथ में जल का लोटा लेकर मंदिर की ओर अपने पग बढ़ाने लगा। मंदिर बस्ती के बीचों बीच स्थित है। मंदिर में गजवती माता की मूर्ति है। मंदिर को बस्ती वालों ने ईट-पत्थर इकट्ठा कर दो बरस पहले ही बनाया था फिर गजवती माता को स्थापित किया। सभी बस्ती वाले गजवती माता को अपनी कुलदेवी मानते है। सदा नये त्योहार-उत्सव पर माँ की पूजा की जाती है पूडी-लापी का भोग लगाया जाता है। पूरी बस्ती में घुँघरी बाँटी जाती है।

बस्ती के बड़े बूढ़े बताते हैं मंदिर बनने से पहले बस्ती में भूतप्रेतों का साया था और बस्ती का कोई न कोई माह में दम तोड़ देता था। भोला से पूछा तो उसने साधना कर मंदिर बनाने को कहा पर पैसे की समस्या आड़े आई। फिर बस्ती वालों ने मिलकर स्वयं ही ईट पत्थर जमा कर मंदिर का निर्माण कर दिया।

मंदिर बनने के बाद भूतप्रेतों का साया कम हो गया। बस्ती वाले सभी माता की कृपा को मानते हैं जिससे सभी कुछ ठीक कर दिया।

भोला मंदिर पहुँच गया। उसने अपनी टूटी हुई चप्पल सीढीयों पर उतार दी। भोला पिछले तीन सालों से एक ही चप्पल को पहन रहा हैं। पिछले माह टूटने पर लच्छू मोसी के यहाँ ले गए तो लच्छू ने भोला को कहा–

"अरे भोला अब तो इस चप्पल पर तरस कर। कितनी बार ठीक कराएगा। नई खरीद ले।"

सुनते ही भोला का मन भारी हो गया था। उसने अपनी टूटी हुई चप्पल को गौर से देखा और फटी हुई शर्ट के जेब में हाथ डालकर देखा। फिर

उदास होकर उसने वापस अपनी चप्पल की ओर देखा और सीधा हँसते हुए झोपड़ी की ओर चल दिया।

''ठन''। भोला ने सीढीयाँ चढ़कर जोर से माता की मूर्ति के सामने लटकी घंटी को बजाया।

घंटी की आवाज सुनकर बस्ती वाले समझ जाते कि सुबह हो गई है और उठकर खेतों में जाने की तैयारी करने लग जाते हैं। भोला ने मूर्ति पर जल चढ़ाकर हाथ जोड़े।

''अब तो म्हारी इच्छा पूरी कर दो माता। कही म्हारी आँख बंद हो गई तो। कितना बरस हो गया म्हारे बाबू के गोद नहीं भरी। म्हारी इच्छा जल्दी पूरी कर दो माता।'' मन में बड़बड़ाते हुए गजवती माता से विनती की और जै माता दी जै माता दी कहने लगा। घंटी की आवाज जोर से सुनाई देने लगी।

आज सुबह से ही बाबू को थकान महसूस हो रही है। सुबह पाँच बजे ही वह घँटी की आवाज सुनकर जग जाया करता और खेत जाने की तैयारी करने लगता पर आज वह बिस्तर में ही लेटा हुआ है।

गोमती ने भी उसे उठाने की कोशिश नहीं की बल्कि भोला के घर पर नहीं होने से वह जी भर कर बाबू को निहारना चाहती है। वह उसे ऐसे देख रही है जैसे पहली बार देखा हो। गोमती बाबू से बहुत प्रेम करती है। जब चार साल पहले खरूगड़ी की ढाणी से गोमती अपने माता–पिता के घर को छोड़कर गोवर्धनपुर बाबू की घरवाली बनकर आई थी वह दिन उसे आज भी याद है। बाबू भोला का अकेला लड़का है। बाबू जब 13 (तेरह) साल का था तब ही बाबू की माँ चल बसी। भोला ने ही उसे पाल पोस कर बड़ा किया।

गोमती सुशील है, संस्कार वान है। वह पढ़-लिख नहीं पाई पर सदा अच्छा आचरण करती है। इसी वजह से उसके माता–पिता उसे लक्ष्मी समझते हैं।

गोमती को आज भी याद है जब वह अपनी ढाणी से गोवर्धनपुर बैलगाड़ी पर बैठ कर आई थी। पास में दुल्हा बना बाबू बैठा था। भोला आगे बैलगाड़ी

वाले के पास बैठे थे। गोमती ने शरमाते हुए जब पहली बार बाबू की ओर देखा तो खुशी के मारे झूम उठी थी। वह बाबू को बड़ा पसंद करती है।

पर बाबू थोड़ा अजीब स्वभाव का है। माँ के मरने के बाद वह ज्यादा बोलता नहीं था। चुपचाप ही रहता। किसी से बात नहीं करता। बाबा ने उसे माँ का प्यार देने की कोशिश की पर वे शायद सफल नहीं हो पायें।

बाबू जोरावर के खेत में काम करता है। अपनी मजूरी के रूप में उसे महीने भर का सामान ठाकुर के यहाँ से मिल जाया करता है। भोला का अपना खेत था पर जब बाबू की माँ बीमार पड़ी तो इलाज के खर्च की भेंट चढ़ गया। ठाकुर ने उसे कम दाम पर ही खरीद लिया था। अब भोला ठाकुर के हवेली में छोटा-मोटा काम कर बाबू को सहारा देने की कोशिश करते है। गोमती खुद भी बाकी औरतों के साथ खेतों में काम करने जाती है।

"राम-राम भोला, होत लिए मंदिर" घर की ओर जा रहे भोला को रोककर रामा ने पूछा।

"हाँ भई।" भोला ने चबूतरे के पास रूककर जवाब दिया।

"पूरा एक बरस तो हो गया। पता नहीं कब कृपा होगी गजवती माती की।" भोला ने आगे कहा।

"अरे जरूर कृपा होगी माता की तुम्हारे पर । तुम चिन्ता न करो। बस माता पर भरोसा रखो।" रामा ने भोला को तसल्ली देते हुए कहा।

"पिछला एक बरस इसी में लगा दिया है कि माता की कृपा हो जावे। बस आँख मिचने से पहले एक पोता देख लूँ यही आखिरी इच्छा है म्हारी।" भोला ने दुख बताते हुए कहा।

"अरे तुम काहे चिन्ता कर रहे हो। तुम्हें तो पता ही है कि भूरिया की घरवाली के पूरे दो साल बाद गोंडिया हुआ। बस माता की पूजा ना छोड़ी भूरिया ने। तब ही तो कृपा हुई। तुम्हारी भी इच्छा ज़रूर पूरी होगी।" रामा ने लंबी सांस लेते हुए कहा।

"क्या बाबू की तबियत ठीक नहीं है क्या?" रामा ने अचानक ही भोला से पूछ लिया।

"ना ना वो तो अच्छा भला है।" भोला ने रामा की ओर देखकर जवाब दिया।

"आज सुबह उसे हरका के साथ खेत जाते हुए नहीं देखा। इसलिए ही मैंने पूछा भोला" रामा ने चिलम सुलगाते हुए कहा।

"क्या कह रह हो? फिर तो गजब ही हो जाएगा। अगर जोरावर को पता चल गया तो वह पूरे दिन की मजूरी को खा जाएगा।" कहते-कहते भोला चबूतरे से उठकर घर की ओर चल पड़ा।

बाबू अभी भी सोया हुआ है। गोमती घर के कामकाज को कर रही हैं। उसने चूल्हा जलाकर ढेकसी में पानी गर्म करने के लिए रख दिया है। चूल्हे के जलने से निकलने वाले धुएँ से आंगन भर गया है। गोमती ने कपड़े से अपना मुँह ढक कर झाड़ू लगाने के लिए झाड़ू ढूँढ़ने लगी।

भोला गोमती को अपनी बेटी की तरह मानते हैं। उनकी खुद की बाबू की सिवा कोई औलाद नहीं है। गोमती को एक पिता की तरह ही सहारा देते हैं भोला। गोमती के अच्छे संस्कारों से बाबा को लगता है कि मेरा जीवन सफल हो गया जो बाबू की घरवाली के रूप में मुझे लक्ष्मी स्वरूपा बेटी मिली। गोमती भी भोला की खूब सेवा किया करती है। उनके लिए सुबह बाजरे की घाट तैयार करने से लेकर रात को सोते वक्त पैर दबाया करती है। उसके लिए वह कभी–कभार बाजरे की रोटी में तिल्ली का तेल मिलाकर गुड़ डालकर 'मिठा' बनाती है जो भोला को बड़ा पसंद है। भोला उसे खाकर कहता–"काश! बाबू का ब्याह पहले हो जाता तो अच्छा होता।"

ऐसा कहते–कहते उनको बाबू की माँ की याद आ जाती और रोने लगते। पर वो अपने आँसूओं को छिपाकर आंगन में बिछी खाट पर जाकर सो जाते। गोमती यह देख दुखी हो जाती और भोला को खुश करने की कोशिश करती। बाबू के ब्याह होने पर भोला ने बाबू की माँ का सारा सामान, जो भोला ने बड़े समय से संभालकर रखा था, गोमती को दे दिया। इससे उनके मन का बोझ कुछ हल्का हुआ।

बाबू भोला के सामने कम ही बोलता है। वह बाबा की बड़ी इज्जत किया करता है व उनकी मर्जी के बिना कोई भी काम नहीं करता है। भोला गोमती

व बाबू को साथ-साथ देखकर फूले नहीं समाते और आर्शीवाद देते। पर एक ही चिन्ता भोला को पिछले दो सालों से खाई जा रही है। बाबू के बच्चा न होने पर भोला थोड़ा उदास रहते है। खुलकर किसी से बात भी नहीं कर पाते हैं। अन्ततः उन्होंने माता का दर पकड़ लिया और रोज सुबह जाने लगे गजवती माता की पूजा करने।

गोमती भी घर पर हर मंगलवार को माता का व्रत रखती है ताकि भोला की मनोकामना पूर्ण हो सकें।

"बाबू ऐ बाबू" भोला ने झोपड़ी में प्रवेश करते हुए बाबू को पुकारा।

गोमती ने भोला को देखकर अन्दर जाकर बाबू को जगाने की कोशिश की पर वह सोया रहा। गोमती ने अपनी ओढ़नी को सिर पर डाल बाहर आ गई।

"बाबू! बाबू!" भोला ने अबकी बार जोर से आवाज लगाई और खाँसने लगे।

भोला की आवाज कान में पड़ते ही बाबू कंबल हटाते हुए बाहर आया और भोला के सामने खड़ा हो गया। भोला आँगन में बिछाई खाट पर बैठा हुआ है।

"कै बात है बाबू आज काम पर नहीं गया" भोला ने बाबा से पूछा।

"थकान कुछ ज्यादा हो गई थी बाबा इसलिए आँख खुल ही नहीं पाई।" बाबू ने सिर झुकाते हुए कहा।

"ठीक है। जल्दी खेत में चला जा वरना् वो राक्षस जोरावर पूरी मजूरी खा जाएगा।" भोला ने अंगोछे से अपना माथा पोंछते हुए कहा।

"मैं अभी चला जाता हूँ बाबा" इतना कहकर बाबू ने गोमती को गर्म पानी लाने को कहा। हाथ-मुँह धोकर बाबू ने अपना थैला उठाया और भोला के पैर छूकर काम पर चल दिया। पीछे से भोला के सामने गोमती ने घाट का बर्तन और गिलास रख दिया। भोला ने घाट को गिलास में डाला और ठंडी करने के लिए फूंक मारने लगा।

"कै बात है बेटी? आजकल लागत है बाबू का जी अच्छा नहीं चल रहा है। उसे कोई परेशानी है क्या?" भोला ने घाट को पीते हुए गोमती से पूछा।

"ना बाबा।" कोई परेशानी नहीं है। बस थोड़ा थक गये थे। आजकल फसल ज्यादा देर तक काटनी पड़ती है ना।" गोमती ने घूँघटे की आड़ से ही भोला को जवाब दिया। गोमती झाड़ू लेकर पीछे बाड़े में चली गई।

बाड़े में गोमती ने बकरियाँ व एक भैस बांध रखी है। उसने झाड़ू को कोने में रखकर गोबर को भगोने में भरकर पहले से बनाये ढेर पर डाला। फिर झाड़ू लेकर साफ सफाई की। फिर भैंस के थनों को धोकर दूध निकालने बैठ गई।

उधर भोला भी घाट पीकर खाट पर लेट गया। थोड़ी देर आराम कर रहा है फिर ठाकुर के घर भी जाना है।

4

ठाकुर की हवेली

ठाकुर की हवेली। ठाकुर जब्बरसिंह बैठक कक्ष में बिछे एक मजबूत तख्त पर, जो मुख्य द्वार से बांयी तरफ है, में बैठे हुए हैं। पास में हुक्का पड़ा हुआ है। ठाकुर मुँह से धुआँ निकाल रहे हैं और हुक्के से गुड़–गुड़ की आवाज आ रही है। गाँव व आस-पास की ढाणियों के पंचायत प्रतिनिधि सभी तख्त के सामने बिछी मुलायम चादर पर पालथी मारकर बैठे हैं। सभी ऊँची जाति के हैं। जोरावर तख्त के पास कोने में पड़ी लकड़ी की कुर्सी पर बैठा हुआ है। माहौल शान्त है बस गुड़-गुड़ हुक्के की ही आवाज सुनाई दे रही है।

'जय माता दी' ठाकुर की ओर सिर झुकाकर ग्रामसेवक ने कहा। ग्रामसेवक हरीश पास की ही ढाणी का पढ़ा-लिखा उच्च जाति का युवक है जिसे ठाकुर ने अपनी ग्राम पंचायत का ग्रामसेवक नियुक्त कर लिया है। ठाकुर ने आँखों के इशारे से उसे आगे बोलने की अनुमति दी। वार्ड पंचों की ओर मुँह कर ग्रामसेवक कहने लगा–

"आप सबको को पता ही होगा कि ठाकुर साहब की सरपंची का अन्तिम वर्ष चल रहा है और छः महीनों बाद नये चुनाव होगें। हर बार कि तरह हम फिर समर्थन करेंगे कि ठाकुर साहब ही सरपंच बने। इस खातिर आपको पिछले वर्षो की भाँति इस बार भी चुनाव में सहयोग देना है।"

"हा हा मांय बाप! हमारी जान आपके लिए हाजर है। हम पिछले चुनावों की भाँति इस बार के चुनावों में भी पूर्ण सहयोग कर आपको ही सरपंच बनाऐंगे।" चादर पर बैठे हुए प्रतिनिधियों में एक स्वर में हाथ जोड़कर कहा।

हमेशा की तरह ठाकुर के चेहरे पर रहस्यमयी मुस्कान तैरने लगी। वह जानते है कि उनके सामने कोई आवाज उठाने की सोच भी नहीं सकता

है। पिछले चुनाव की घटना के बाद तो और भी भय व्याप्त हो गया है। पिछले चुनाव में मसारण को ढाणी के प्रतिनिधि ने नीची जातियों के कल्याणार्थ योजनाओं पर क्रियान्वयन किया, जिससे ठाकुर का गुस्सा फूट पड़ा क्योंकि नीची जातियों का उद्धार उसकी मान-मर्यादा के विरूद्ध था फलतः ठाकुर ने जोरावर को भेजा और आज की बैठक में मसारण ढाणी का नया चापलूस प्रतिनिधि बैठा हैं। ठाकुर के भय व अधिकारिता की वजह से सभी उनका कहना मानते है।

"मुझे यही उम्मीद थी। हर बार की तरह आप इस बार भी हमारा सहयोग करेगें।" ठाकुर ने अपनी मूछों पर हाथ फेरते हुए कहा।

एक-एक कर सभी प्रतिनिधि ठाकुर को हाथ जोड़कर जाने लगे। बैठक पूरी खाली हो गई। अब भी हुक्के की गुड़-गुड़ आवाज आ रही है। ठाकुर जोरावर व हरीश केवल बचे हुए हैं। जोरावर ने हरीश को इशारे से जाने को कहा। अब केवल ठाकुर व जोरावर ही बैठक कक्ष में हैं।

"आप कहो तो उस मानक ससुरे का काम ही तमाम कर देते है। कुछ ज्यादा ही चोंच निकल आई है साले की।" जोरावर ने गुस्से भरे स्वर में मुट्ठी भींचते हुए कहा।

"ना थोड़ा सब्र कर काहे इतना उतावला हो रहा है। चुनाव सम्पन्न होने तक इस इलाके में कोई गड़बड़ी नहीं होनी चाहिए। समझ गया।" ठाकुर ने हुक्के की नली को नीचे रखते हुए कहा।

"अगर चुनाव से पहिले मानिक ससुरे ने अगर कुछ बखेड़ा खड़ा कर दिया तो क्या होगा?" जोरावर ने चिंता व्यक्त करते हुए कहा।

"मैं समझता हूँ इन बनियों की जात को। सिर्फ व्यापार ही कर सकते हैं और कुछ नहीं। तू फिकर न कर मैं तुम्हें समय मिलते ही इशारा कर दूँगा।" ठाकुर ने जोरावर के कंधे का सहारा लेकर उठते हुए कहा।

मानिक सुखमण ढाणी का बनिया है। ढाणी के सभी मजदूर उसी से उधार लेते हैं। वह बड़ा ही उदार व्यक्ति हैं। कम ब्याज पर उधार देता है। आज तक उधार चुकाने पर किसी किसान या मजदूर की जमीन पर कब्जा तक नहीं किया है। वह लगातार दो बार से अपनी ढाणी का पँचायत में प्रतिनिधि चुना गया है।

ठाकुर के कथित सुशासन से तंग आकर उसने आस–पास की ढाणियों के व्यापारी वर्ग को अपने भाषणों से प्रभावित किया। कई व्यापारी तो मानिक का साथ देने को तैयार हो गए। मानक ने घोषणा की कि वे सब ठाकुर को समर्थन न दे।

पर सबके मन में ठाकुर व जोरावर का भय विद्यमान है। मसारण की ढाणी जैसा हाल कोई नहीं चाहता है। लेकिन हरेक के अन्दर तक मानक की बाते पहुँच चुकी है।

मानिक ने सबको बताया कि आस–पास की ढाणियों के हाल बुरे होते जा रहे हैं पास की कई पंचायातों में पक्की सड़के बन गई हैं कई सुविधा केन्द्र खुल गये हैं। सरकारी डॉक्टर उपलब्ध रहता है। इंदिरा आवास का लाभ ज्यादातर गरीब के लोगों को मिला है इससे किसानों व मजदूरों के साथ–साथ व्यापारियों को कई सुविधांए प्राप्त हो रही हैं। और हमारी पँचायत के क्षेत्र में इतने सालों के बाद भी पिछड़ापन फैला हुआ है।

मानिक की बात का मर्म सभी समझते हैं। सभी चाहते हैं कि गाँव–ढाणियों में पक्की सड़के बने, सुविधा केन्द्र हो पर ठाकुर के आगे यह सब कहीं नहीं टिकता है। मगर अबकी बार चुनाव में कुछ नया होने के आसार सबको नजर आ रहे हैं।

शाम हो गई है। जोरावर के कहने पर भोला हुक्का भर कर लाया और ठाकुर के तख्त के पास ही रख दिया। ठाकुर तख्त के सामने ताप के लिए जल रही लकड़ियों को एकटक देख रहे हैं। जोरावर ने उनको शाल उठाई और छत की ओर चल दिया। ठाकुर को हर एक बात का ख्याल जोरावर रखता और भोला सहयोग करता। भोला ने जब से खेत बेचा है तब से ही हवेली में ठाकुर की सेवा में है।

तख्त के पास से गंदी चददर को उठाते हुए भोला ने "जयमातादी" कहा। जवाब में ठाकुर ने हमेशा की तरह हाथ का इशारा भर किया। सोते वक्त ठाकुर भोला से बस्ती के बारे में पूछा करते और दरवाजे के पास बैठा भोला बड़े मनोयोग से ठाकुर को बस्ती के दुख–दर्द सुनाया करता ताकि कल्याण–कारी योजनाएँ बस्ती में आ सकें। पर वह नहीं जानता कि ठाकुर के रहते वह कहाँ संभव है। भोला ठाकुर को देवता समान मानता है पर

जोरावर को वह अपने मन में मजदूरों पर अत्याचार करने के कारण कम इज्जत देता है।

ठाकुर ने भी भोला को कुछ छूट दे रखी है। उसे हर महीने के आखिरी रोज दो बीड़ी के बंडल व 100 रूपये हवेली से मिल जाते है इसमें भोला का खर्च आराम से चल जाता है और वह बाबू पर भार न बनने से खुश भी है।

भोला ने बस्ती के बारे में ठाकुर को बताना शुरू किया। बरामदे में भोला की आवाज स्पष्ट सुनाई दे रही है। ठाकुर के खर्राटे सुनाई देने लगे है। निरसता के साथ भोला को सुनते कब ठाकुर को नींद आ गई स्वयं उन्हें भी पता न चला होगा। खर्राटों की आवाज सुन भोला उठा और दबे पाँव हवेली से बस्ती की ओर जाने के लिए निकल पड़ा।

भोला ने सैकड़ों बार बारिश का पानी बस्ती में भर जाने से होने वाली तबाही के बारे में बताया। कच्चे घर-झोपड़ियाँ टूट जाते हैं, मवेशी पशु भी पानी के साथ बह जाते हैं, रहना मुश्किल हो जाता है। इसलिए भोला ठाकुर को अपनी कृपा करने को कहता पर ठाकुर के कान पर जूँ तक नहीं रेंगती। बारिश में कई घर टूट जाते है। दीवारें ढह जाती है। कीचड़ ही कीचड़ हो जाता है पूरी बस्ती में। कई बीमारियाँ फैल जाती है और सब गजवती माता को हाथ जोड़कर प्रार्थना करने में लगे रहते हैं।

5

मानिक

बस्ती के सभी लोग दिनभर मजदूरी करने के पश्चात् रात को खुले में ताप कर बातचीत करते। भोला भी ठाकुर की हवेली से लौटकर खाना खा सीधा अपने हमउम्र लोगों के साथ बैठ कर बातें करता। औरतें अलग से घेरा बनाकर घर-आँगन की बातें किया करती। बच्चे इक्ट्ठा हो हुडदंग मचाया करते। सर्दी थोड़ी कम पड़ती जा रही है। फसलें काटी जा रही है। फिर खेतों को जोतकर बुआई का काम भी शुरू होने वाला ही है।

शाम के समय बस्ती एक हो जाती है मानों जैसे धरती पर शांति हो, सम्पन्नता हो। बस्ती में शांति है पर सम्पन्नता नहीं। ताप करते हुए बस्ती के लोग दिनभर की बातें सुनाया करते। बाबू कल की तरह आज भी जल्दी ही सो गया है। वह ठाकुर के खेत में काम करके इतना थक जाता है कि खाना खाकर सीधा बिस्तर में चला जाता है। शाम को गोमती खाना बना लेती है। भोला हवेली से देर से आकर खाना खा लेता है। भोला व बाबू गोमती के हाथों से बनी मूँग की दाल को चाव से खाया करते हैं गोमती बाबू के साथ ही खाना खा लेती है। गोमती ने नई-नई होने से पहली बार तो बाबू के बार-बार कहने पर भी नहीं मानी और अंत में खाना खाया करती पर धीरे-धीरे बाबू के समझाने पर वह साथ में ही खा लिया करती।

"अब की बार भी लागत है ठाकुर चुनाव में जीत ही जागो।" मूर्तिया ने सहज भाव से विषय बदलते हुए कहा।

"अरे जीतेगो काहे नहीं कोन की हिम्मत हैं जो ठाकुर के सामने खड़ों हो जाये। वो अत्याचारी जोरावर ही उसे खत्म कर देगो।" भोला ने अपनी धाक जमाते हुए कहा।

"पर सुनने में आया है कि ढाणी का मानक बनिया कुछ नया करने की सोच रहा है।" भूरिया ने भोला की ओर देखते हुए कहा।

"पर एक बात समझ लो। हम ने जब से देखा है इन ठाकुरों की ही चली आ रही है और वो मानिक तो बनिया है हिसाब-किताब के अलावा उसे आता क्या है।" मूर्तिया ने बीड़ी सुलगाते हुए कहा।

"हाँ भई पर तुम्हें पता है पास के कौशल गाँव में अच्छा सरपंच है। उसने पक्की सड़क बना दी है, डाक्टर हैं और यहाँ गोवर्धनपुर में?" भूरिया ने बीड़ी का कश लगाते हुए कहा।

"ठाकुर पिछले तीन बार से सरपंच बन रहे हैं। पर क्या गाँव को पक्की सड़क से जोड़ा? हमारे घर आज भी कच्चे है। अगर पक्की सड़क होती तो शहर डेयरी में दूध बेचने जाते। सुना है अच्छा दाम मिलता है वहाँ और यहाँ तो कोई हम 'नीच जात' को कोई हाथ भी नहीं लगाएगा।" रामा ने अपनी चिंता व्यक्त की।

"पर भई हम कर भी क्या सकत है। हम सदा 'नीच जात' के रूप में ऊँची जात के कहर भोगते आए हैं।" भोला ने कहा।

"नहीं बाबा ऐसा नहीं है।" मूर्तिया ने कहना शुरू किया। "अगर हम सोचते रहे तो कुछ ना होगा। कौशल पंचायत के नीच जात के लिए सरपंच ने स्वयं पक्के घर बनवाये है।"

"पर हम कर भी क्या सकत हैं मूर्तिया? हमारी तो सारी उम्र गुजर गई ठाकुरों का अन्याय सहते हुए।" रामा ने अपना दुख कहा।

"माता सबका भला करेगी। हमारे भी पक्के घर और सड़के बनेगी।" कहते हुए भोला भारी मन से उठा और सोने को चल दिया।

धीरे-धीरे सब सोने के लिए जाने लगे। सबको सुबह जल्दी ही उठकर खेतों में जाना है। अबकी बार फसल अच्छी होने से बरस अच्छी तरह गुजरने की सँभावना है।

भोला के पैरों की आहट सुन गोमती जाग कर आँगन में आई। उसने खाट पर बिस्तर बिछा दिया। भोला ने अपनी चप्पल उतारी और खाट पर सो गया। गोमती ने पैर दबाने का कहा पर भोला ने मना कर दिया। गोमती ने तेल के जल रहे दिये को बुझा दिया। अंधेरा हो गया। पूरी बस्ती नींद की आगोश में जा चुकी है।

6

पंचायत चुनाव की घोषणा

नये पंचायत चुनावों की घोषणा सरकार ने कर दी। सरपंच पद के लिए उम्मीदवारी अनुसूचित जाति की महिला के लिए आरक्षित की गई।

पूरे गाँव में सनाटा छा गया। हवेली में कोई हलचल नहीं। ठाकुर बढ़ती उम्र के कारण दुख भोग रहे है। उपर से चुनाव की उम्मीदवारी का कहर। शहर का डॉक्टर सप्ताह में दो बार आकर स्वास्थ्य परीक्षण कर जाता है। बस्ती में काफी कानाफूसी हो रही है। धीरे-धीरे स्वास्थ्य बिगड़ रहा है। अब तख्त से उठा नहीं जा रहा। पूरा दिन वही पर बैठे-सोते निकल रहा है। जोरावर को काफी चिंता हो रही है। अब क्या होगा? ठाकुरों की मर्यादा, मान-सम्मान कौन पूछेगा? कहीं पुराने खाते खुल गये तो, नीची जाति वाले अब आँखे उठाकर बात करेंगे। प्रगति के पथ पर बैठेंगे।

जोरावर को कुछ समझ में नहीं आ रहा है। ऊपर से ठाकुर बीमार चल रहे है। कुछ बोल भी नहीं पा रहे हैं। जीते जी यह सब देखना पड़ रहा है। उधर बस्ती में तरह-तरह की बाते चल रही है। कौन खड़ा होगा सरपंच के लिए ? वो भी ठाकुरों के सामने? नहीं नहीं? अब क्या होगा? कई लोग ये बाते कह रहे थे कि सभी नीची जातियों के लोगों को मार डाला जाएगा। कोई नहीं बचेगा।

तरह–तरह की बाते चल रही है। गाँव के बाहर ढाणियों में भी यही चर्चा चल रही है। कौन बनेगा सरपंच ? किसकी हिम्मत है ठाकुर के सामने खड़ा हो ? पर अब ठाकुर भी तो खड़ा नहीं हो सकता है। अब इस विचित्र स्थिति में क्या होगा ?

मानिक बनिया अब ज्यादा ही सक्रिय हो गया। ढाणी-ढाणी जाकर ठाकुर के खिलाफ लोगों को इकट्ठा कर रहा है, सभाएँ कर रहा है ताकि बता सके

कि ठाकुर का समापन ही विकास का द्वार है। वही हमें प्रगति के पथ पर ले जाएगा वही समृद्धि उन्नति लाएगा।

गाँव, ढाणी में अब पक्की सड़कें बनेगी। प्राथमिक स्वास्थ्य केन्द्र में डॉक्टर होगा। शहर नहीं जाना पड़ेगा। दूध बेच सकेंगे। बाते सुनकर लोग मानिक की ओर रिझने लगे। विद्रोही प्रवृति का उनमें विकास होने लगा।

हवेली का प्रभाव भी कम पड़ता जा रहा है। घोषणा से पूर्व सभी कुछ ठीक-ठाक चल रहा था पर अब उम्मीदवारी ही नहीं रहने से हवेली अकेली पड़ गई है। गाँव के लोग नहीं चाहते हैं कि ठाकुर के खेतों से उनकी मजदूरी चली जाए। सभी अभी भी ठाकुर की तरफ ही थे। बस्ती में ठाकुर के कोई ना कोई हल निकाल लिये जाने की बाते चल रही थी। अगले सप्ताह पर्चा भरा जाना है। और यह विचित्र स्थिति। आस-पास की ढाणियों में मानिक का स्पष्ट प्रभाव बस्ती वाले देख रहे हैं। पर बस्ती अभी ठाकुर के निर्णय का इंतजार कर रही है।

भोला अब रात में देर से घर आने लगा है। ठाकुर की बीमारी से उसे कई बार दिन व रात सेवा में लगा रहना पड़ता है। वो ठाकुर की तन–मन से सेवा कर रहा है जोरावर के कंधों पर ठाकुर का भार आ गया है। हवेली में अब बैठकें व हुक्के की गुड़–गुड़ बंद हो गई है। केवल डॉक्टर का आना जाना लगा रहता है।

ठाकुर के शुभचिंतक उनसे मिलने आ रहे हैं। आस–पास की स्थिति से ठाकुर को अवगत करा रहे हैं। ठाकुर को कोई जल्दी निर्णय लेने की बात कर रहे है। ठाकुर की समझ में कुछ भी नहीं आ रहा है कि वे क्या करे? किसी नीची जाति वाले को अपनी कुर्सी पर कैसे बैठने दे ? क्या ठाकुरों की इतनी कम ताकत हैं ? पर ठाकुर को यह भी पता है कि वे अकेले सरकार से नहीं लड़ सकते। सरकार भी अपना वोट बैंक बढ़ाने के लिए यह सब हथकंडे अपनाती है। ठाकुर इन्हीं सोच विचारों में उलझे पड़े हैं। अपने आपको अकेला पा रहे है।

क्षेत्र के विधायक शुत्रुसिंह ठाकुर साहब के मित्र के पुत्र हैं जो ठाकुर साहब को अच्छी तरह जानते हैं। वर्तमान सरकार के विधायक है। ठाकुर साहब की तबियत के बारे में सुनकर गोवर्धनपुरा आते हैं।

"नमस्ते भाईसाहब !" जोरावर उनका स्वागत करते हुए उन्हें ठाकुर के कमरे तक ले जाते हैं।

"चरणस्पर्श ! चाचाजी। कितने दिन हो गए? आपने बताया नही।" शत्रुसिंह ने ठाकुर के पैर छूकर कहा। वह वहीं पास में रखी कुर्सी पर बैठ गया।

"बढ़ती उम्र का कहर है शत्रु। बड़े ठाकुर कैसे है ?" ठाकुर ने शत्रु के कंधे पर हाथ रखते हुए कहा।

"बढ़ती उम्र का या उम्मीदवारी न रहने का चाचाजी। आप सही-सही क्यों नहीं बता रहे हैं ?" शत्रु ने थोड़ा ऊँचे स्वर में पूछा।

ठाकुर को बात लग गई। वे कुछ क्षण तक कुछ न बोले। बस जोरावर की ओर देखते रहे। शायद अपनी बेबसी को सह नहीं पा रहे हैं।

"मेरी मानो तो गाँव के ही किसी वफादार नीची जाति की उम्मीदवारी करवा दो। आपकी नाक भी रह जाएगी। आपके पैरों तले सब काम होगा। आपका अहसान भी माना जाएगा इन नीची जाति के सुअरों पर!" शत्रु ने ठाकुर की चिंता को जान कर कहा।

"मैं निर्णय नहीं कर पा रहा हूँ बेटा। कहीं अगर इनमें से किसी ने मेरा विरोध शुरू कर दिया तो...." ठाकुर ने अपनी चिंता व्यक्त की।

"अरे नहीं चाचाजी। आप व्यर्थ में ही चिंतित हुए जा रहे हैं। इनमें इतनी बुद्धि नहीं कि विरोध का सोच सकें। अगर विरोध किया भी तो भूखे मरेंगें, ऊपर से जमीनें और चली जाएगी।"

शत्रु ने चिंता का हल प्रस्तुत करते हुए कहा।

"मैं इस बारे में सोचूँगा। तुम्हारे आने के लिए धन्यवाद। बड़े ठाकुर को मेरा नमस्कार कहना।" ठाकुर ने शत्रु के कंधे पर हाथ उठाते हुए कहा।

शत्रु चला जाता है। ठाकुर गहरी सोच में डूब गये हैं। जोरावर पूरा ध्यान लगाकर सेवा कर रहा है। भोला भी दो–तीन दिन से हवेली में ही है। जोरावर को लगता है कि शत्रु की बातों का जरूर ठाकुर के ऊपर प्रभाव होगा। कोई न कोई हल निकल ही आए।

7

दुविधा का हल

भोला ने ठाकुर के कमरे की झाडू निकाल दी। ठाकुर के पीकदान को धोकर वापस तख्त के पास रख दिया है। जब से ठाकुर बीमार पड़े हैं भोला बस्ती में नहीं गया है। दिन रात ठाकुर की सेवा में लगा हुआ है। हवेली की हवा उसे रास नहीं आ रही है। बार-बार आँगन में पड़े उस खाट की याद आ रही है जिस पर वह तनके आराम से सोया करता। पर हवेली में वो सुख कहाँ? पर ठाकुर के ठीक होते ही वापस बस्ती में जाना शुरू करेगा। बाबू रोज खेत में जा रहा है कि नहीं ? कुछ खबर भी नहीं। कही बीमार तो नहीं पड़ गया ? यही विचार बार-बार इसके दिमाग में आ रहे हैं। भोला ठाकुर के कमरे के बाहर बरामदे में बिछाई फटी चादर पर सो गया।

ठाकुर को रात भर नींद नहीं आती। थोड़ी सी हलचल होती कि नींद खुल जाती। बिस्तर पर पड़े ही आँखे बंद करने की नाकाम कोशिश करते। फिर कुछ समय बाद आँसूओं के निकल जाने के साथ आंखे बद हो जाती है। वो अपने आने वाले कल का, ठाकुर घराने का सोचते रहते। पता नहीं इस कलयुग में क्या हो जाये। पहले तो यह लोकतन्त्र राजदरबार खा गया अब नीच लोगों को कुर्सीयों पर बिठाने पर आमादा है। सब साजिश है। ठाकुर इन्हीं विचारों में अपनी समस्या का हल निकाले बिना पड़े रहते है।

गजेन्द्र भी उनसे मिलने नहीं आ सका। पत्र लिख दिया–"परीक्षाएँ चल रही है। जल्दी आने की कोशिश करता हूँ। आप अपनी तबियत का ख्याल रखिए।" ठाकुर को राहत पहुँची, उतनी नहीं ज़ितनी भौतिक रूप से संभव थी। जोरावर में बुद्धि न है। ठाकुर के बताये नक्शे पर चलना पड़ता है उसे। वरना गाँव में अत्याचार मचा दे। ठाकुर को सब संभालना पड़ता है। मेरे

जाने के बाद क्या होगा? जोरावर क्या उधम मचाएगा? गजेन्द्र तो गाँव में रहना ही नहीं चाहता। बस शहर में रहकर खुली हवा का आंनन्द लेना चाहता है। क्या होगा?

सुबह सूर्य की किरणों ने चारों तरफ अपना प्रकाश फैला दिया है। बस्ती वाले बाबा के मंदिर से घंटी की आवाज की कमी महसूस कर रहे हैं। भोला भी सुबह के चौथे पहर से ही ठाकुर के आगे नतमस्तक है। जोरावर ने ठाकुर को दूध व डॉक्टर की बताई दवाइयाँ ला कर दे दीं। पर ठाकुर आज कुछ गुमसुम है। जोरावर का कोई काम या हालचाल नहीं पूछा। जोरावर भी दवाइयाँ रखके खेत की ओर चला गया। ठाकुर शायद विचारों में उलझे हुए हैं। शायद कुछ निर्णय नहीं कर पा रहे हैं।

भोला सब काम निपटा कर कमरे के सामने बरामदे के कोने में बैठा हुआ है। जरा आराम कर रहा है। देवी की पूजा भी बकाया चल रही है। रामा की बातें बार–बार दिमाग में गुंज रही हैं "भूरिया ने एक दिन की पूजा ना छोड़ी तब उसे गोडिया हुआ।" मैं माता से क्षमा मांग लूँगा। बस बाबू के संतान हो जाये।

"भोला! भोला!" ठाकुर ने आवाज दी। अपने विचारों की दुनिया से एकदम भोला की भौतिकता टूटी और ठाकुर के कमरे के कोने पर खड़ा हो गया।

ठाकुर तख्त पर चादर ओड़े बैठे हैं। अपने हाथ को दूसरे हाथ में लेकर इस तरह शायद ध्यान मग्न है कि अब महात्मा बुद्ध की ज्योति का बखान होने वाला है। तभी ठाकुर ने भोला से कहा–

"भोला बाबू के बच्चा हुआ कै नहीं ?" भोला की जैसे दुखती हुई रग पर उँगली रख दी थी ठाकुर ने।

"नहीं मांय बाप। रोज माता की पूजा कर रहा हूँ जल्दी ही माँ की कृपा होई जायेगी।" भोला ने कहा।

"बाबू की घरवाली की उम्र 22-23 बरस तो होंगी ही ना भोला।"

ठाकुर ने थोड़े अचरज के साथ पूछा।

भोला को ठाकुर का सवाल आज कुछ अजीब सा लग रहा है। पहले तो स्वयं भोला को बस्ती के बारे में बताना पड़ता आज ठाकुर स्वयं पूछ रहे हैं। थोड़े क्षण बाद भोला ने जवाब दिया–

"हाँ मांय-बाप। जब ब्याह के लाये तो उसके बाप ने 17 साल की उम्र बताई थी गोमती की। पाँच साल से अभी तक गोद नहीं भरी है मांय–बाप। भोला ने कहा।

ठाकुर मन ही मन थोड़ा प्रसन्न है पर भोला कुछ समझ नहीं पा रहा है। वह थोड़ा आश्चर्य चकित है। बस ठाकुर के आदेश के इंतजार में है।

"तुमने मेरी पिछले कई सालों से जी जान लगाकर सेवा की है। मैं भी सोच रहा हूँ कि तुम्हारे लिए मरने के पहले कुछ कर दूँ जिससे बस्ती में सभी याद करें।" ठाकुर ने कहा।

भोला ठाकुर की बाते सुनकर प्रसन्न हो गया। आज पता नहीं शायद भोला की तकदीर खुलने वाली है जो ठाकुर बस्ती वालों के लिए कल्याणकारी बाते कह रहे है।

"आने वाले पंचायत चुनाव में बाबू की घरवाली को सरपंच के लिए खड़ा करना चाहता हूँ भोला ! तुम्हें तो कोई समस्या नहीं है ना।" ठाकुर ने कहा।

भोला को ठाकुर की बातों पर विश्वास ही नहीं हुआ।

"क्या मायबाप? क्यों दिल्लगी कर रहे है? नीची जाति और सरपंच। वो तो आपके चरणों में ही शोभा देती है मांय बाप।" भोला ने कहा।

"नहीं भोला। हमारी भी उम्र हो आई। अब हम भी सोचते हैं कुछ भला हों जाए बस्ती का और तुम तो हमारे इतने अच्छे सेवक हो तो चिंता किस बात की। तुम कल ही बाबू को व उसकी घरवाली को हवेली ले आना। उम्मीदवारी करवा देते है।" ठाकुर ने कहा।

भोला को विश्वास नहीं हुआ। वह ठाकुर के कदमों में गिर गया। आँखों से आँसू निकल आये। मांयबाप–मांयबाप कहता रहा। आज सचमुच बस्ती के लिए तकदीर खुलने वाला दिन है। माँ की कृपा से ही संभव हुआ।

भोला ठाकुर से विदा लेकर बस्ती की ओर लौट पड़ा। भोला को देखकर खेत से लौट रहे जोरावर को थोड़ा अजीब लगा। उसने भोला से पूछा

"क्यों भोला, आज कुछ मिल गया क्या? इतने खुश नजर आ रहे हो, क्या बात हो गई?

"मांयबाप ठाकुर साहब की कृपा हो गई बस्ती पर। हमारे तो भाग ही खुल गये।" भोला ने कहा।

जोरावर सीधा ठाकुर साहब के कमरे में पहुँचा। उसके चेहरे का भाव भाँपकर ठाकुर ने उसे बैठने को कहा।

"मैंने बाबू की पत्नी को सरपंची के लिए खड़ा करने का निर्णय लिया है। बस्ती अपनी वफादार है और भोला तो अपना सेवक हैं ही। सरपंची अपनी ही रहेगी और नाम भी। ये सूअर लोग कुछ नहीं जानते। बस अगूँठा चाहिए इनका जो भी मिल गया।" ठाकुर ने कहा।

जोरावर ने ठाकुर की बातें सुनकर अपने आपके को थोड़ा निश्चित पाया। शायद शत्रु की बातों का ही प्रभाव है ठाकुर पर। अब ठाकुर ठीक हो जाएंगे। जोरावर ने अपनी प्रसन्नता व्यक्त की और खेत में जाकर बस्ती वालों को दो दिन की मजूरी के साथ छुट्‌टी का ऐलान किया।

भोला ने सीधे माँ गजवती के यहाँ पहुँच कर घंटा बजाया। माँ गजवती की पूजा की। बार-बार शरीरवत् नमन किया और फिर बस्ती की ओर मुड़ा। तब तक सभी गाँव वाले भी बस्ती में आ चुके हैं। गोमती घर में खाना बन रही है कि बाबू को देखकर ठहर गई। उसने बाबू से जल्दी आने का कारण पूछा। बाबू ने जोरावर के दो दिन छुट्टी करने की बात कही। गोमती की समझ में कुछ नहीं आ रहा है। वह मन ही मन यह सोच कर खुश है कि बाबू को अगले दो दिनों तक काम पे न जाना पड़ेगा और वह भी उसके साथ रह सकेगी।

चबूतरे पर खड़े होकर भोला ने सब बस्ती वालो को आवाज लगाई। भोला की आवाज सुन सभी प्रसन्न बस्ती वाले आस-पास खड़े हो गये। बस्ती वालों को छुट्‌टी करने का कारण पता नहीं है। जो भोला अब उन्हें बताने वाला है—

"मांयबाप ठाकुर ने बस्ती पर माँ की दया से कृपा की है। अगले पंचायती चुनाव में वो बाबू की घरवाली को सरपंची के लिए खड़ा करेंगे।" भोला ने एकस्वर में बात कही।

सभी गाँव वाले अंचभित। सभी चुप। किसी को भी अपने कानों पर विश्वास नहीं हो रहा है। बस्ती वाले सरपंच बनेंगे। ऐसा कैसे हो सकता है? भोला ने सबको वापस बात कही और विश्वास दिलाया की गोमती चुनाव में ठाकुर साहब की मेहरबानी से सरपंच बनेगी। बस्ती का कल्याण होगा।

गाँव वाले खुश नजर आ रहे हैं। तालियाँ बजाने लगे। भोला ने रात को पूडी-लापी खिलाने का आयोजन कर गाँव वालों की खुशी चौगुनी कर दी। सभी गाँव वाले फूले नहीं समाये। ठाकुर को दुआए दिये जा रहे हैं। अब बस्ती का कल्याण हो जाएगा। पक्के मकान बनेंगे।

गोमती इन सब बातों से अलग खाना बनाने में जुटी हुई है। बाबू बाबा के खाट पे लेट गया है।

"गोमती! ओ गोमती! सुनती हो।" शांति काकी ने आवाज लगाई।

"हाँ काकी।" गोमती ने जवाब दिया।

शांति काकी ने घर में प्रवेश कर गोमती को सरपंच बनने का समाचार सुनाया। बाबू खाट पर से एकदम खड़ा हो गया। वह बाबा को खोजने निकल पड़ा। गोमती के हावभाव छूट गये। वह बस कुछ नहीं बोल पाई।

"क्यों मजाक करती हैं काकी? गोमती ने काकी को कहा।

"नही रे। बाबा ही सबको बता रहे हैं। हवेली से खबर लेकर आए हैं। तुम ही अबकी बार सरपंच बनोगी। हमारे तो भाग ही खुल गये।" काकी ने इतना कहर गोमती को गले लगा लिया।

बाबू ने भोला को देखकर आवाज लगाई।

"बाबा! बाबा!"

बाबू को देखकर भोला बहुत खुश हुआ।

"अरे मैं तो घर ही आ रहा था बस गाँव वालों से थोड़ा बातों में लग गया। रात को बहुत काम भी करना है।"

भोला ने बाबू को घर की तरफ ले जाते हुए कहा।

"क्या बाबा यह सच है कि गोमती सरपंची के लिए खड़ी हो रही है? बाबू ने भोला से पूछा।

"हाँ रे। ठाकुर साहब की बस्ती पर बड़ी ही कृपा हुई है। हमारी गोमती को सरपंच बना रहे हैं। हम नीच को इतना सम्मान दिया है। अब तो बस्ती की किस्मत खुल गई है।" भोला ने बाबू के कंधे पर हाथ रखते हुए कहा।

बाबू कुछ नहीं बोल पा रहा है। वह बाबा के साथ घर की ओर लौट रहा है। गोमती पहले से बस्ती की औरतों से घिरी हुई है। सभी खुश हैं। बस्ती में नये युग की शुरूआत होने जा रही है।

8

बस्ती में भोज

आस-पास की ढाणियों में भी खबर पहुँच चुकी है। ढ़ाणी वाले खुश हैं। मानिक और उसके साथी ठाकुर का पद जाने से खुश तो हैं पर ठाकुर की छत्रछाया का उसे बड़ा भय है। सरपंच अँगूठा तो लगाये पर ठाकुर के निर्देशों पर यह किस बात की स्वतन्त्रता। मानिक के मन में वह विचार गहरा बैठ चुका है पर वह खुश भी है कि कोई नीची जाति वाला कुर्सी पर तो बैठेगा, नाम तो उसका चलेगा, कुछ ना कुछ प्रभाव तो पड़ेगा।

बस्ती वाले पूड़ी-लापी का आनंद ले रहे है। सारी बस्ती भोला की मेहमान है। गोमती ने अपने हाथों से सब कुछ इंतजाम किया है। सभी लोग भोला को बार–बार दुआएँ दे रहे हैं बस्ती की ज्योति को बहु के रूप में बस्ती में लाने के लिए। बाबू भी आवगत में लगा हुआ है।

भोला बार–बार ठाकुर व गजवती माता का आभार प्रकट कर रहे हैं। उनकी दया के बिना सब असंभव था। बस्ती की खुशी को देखकर वह फूला नहीं समा रहा है। वह बार–बार गोमती को याद कर रहा हैं। कुल लक्ष्मी हैं साक्षात्। पूरी बस्ती को अपनी ज्योति से प्रकाशित कर दिया। यह सब सुकर्मों का फल है जो आज पूरी बस्ती उसकी ऋणी है। बाबू की माँ जीवित होती तो फूली नहीं समाती। पूरी बस्ती में गोमती का गुणगान करती। छाती ठोककर सबको खिलाती। बाबू भी अपनी माँ को देखकर खुश होता। पर भोला खुशी में अपने आपको मग्न कर देना चाहता हैं। वह बार–बार आकाश की ओर देख बाबू की माँ को कहना चाहता है देख घर में तेरी बहू ने तेरा नाम कितना ऊँचा कर दिया है।

रात बहुत हो चुकी है। बस्ती वाले कल काम पर नहीं जाने से खुश हैं। रात भर ताप करने की योजना बना रहे हैं। भोला भी अपनी खाट पर

जा चुका है। गोमती व बाबू ने सारे सामान को ठीक से अपनी जगह रख दिया है। अब सोने ही जा रहे हैं।

"क्या मैं सचमुच सरपंच बन रही हूँ।" गोमती ने बड़े ही बालभाव से बाबू से पूछा। "हाँ। अरे तुम नहीं बनोगी तो क्या शांति काकी बनेगी?" बाबू ने मजाक में कहा।

"नहीं नहीं। मैं तो बस...."

गोमती ने अपनी बात पूरी नहीं की।

"क्या हुआ? क्या तुम खुश नहीं हो? बस्ती वाले कितने खुश हैं और तुम हो कि दुखी हो रही हो?"–बाबू ने कहा।

"ऐसा नहीं हैं। मैं तो बस आने वाले समय को लेकर चिंतित हूँ। पता नहीं क्या होगा ?" गोमती ने अपनी चिंता जाहिर की।

"सब माता की कृपा से अच्छा ही होगा और ठाकुर साहब ने भी तो कुछ सोच–समझ के ही फैसला किया है। तुम व्यर्थ में ही चिंतित हुए जा रही हो। बाबू ने कहा।

गोमती चुप रही

"देखा, आज बाबा कितने खुश नजर आ रहे थे। सबसे खुलकर बात कर रहे थे। सारी बस्ती में अपनी खुशी का इजहार किया।" बाबू ने गोमती से कहा।

गोमती ने बाबू की बात सुनकर अपनी प्रसन्नता व्यक्त की। उसने दिया बुझा दिया। अंधेरा छा गया। गोमती अब भी घोर अंधेरे में आने वाले जीवन के बारे में सोच चितिंत है। पता नहीं आने वाली सुबह क्या लेकर आएगी?

9

रूपकंवर

भोला सुबह जल्दी ही उठकर मंदिर चला गया। गोमती ने सभी काम जल्दी निपटा लिये। बाबू भी आज जल्दी उठकर गोमती की सहायता करने में लगा हुआ है। तभी भोला भी आ गया। गिलास में बाजरे की घाट डाल बाबू ने भोला को दी। भोला ने बाबू को हवेली चलने के लिए कहा।

गोमती शांति काकी से मिलने पहुँची। शांति काकी को गोमती अपनी माँ की तरह मानती है। छोटी–छोटी बातें भी शांति काकी से कहकर अपना मन हल्का करती है। काकी भी गोमती को अपनी चंदा जितना ही प्यार करती है। गोमती को गले लगाकर शांति ने उसे आर्शीवाद दिया।

भोला गोमती व बाबू हवेली पहुँचे। ग्रामसेवक हरीश ने तीनों को बरामदे में बैठने को कहा। गोमती ने पहली बार हवेली के अंदर कदम रखा है। वह इतनी बड़ी हवेली को अपनी छोटी आँखों से पूरी तरह निहार नहीं पा रही है। इसकी सुन्दरता, भव्यता को देखकर रोमांचित है। तभी जोरावर की पत्नी ने गोमती को देखा। फटे पुराने कपड़ों से ढकी गोमती को देखकर वह आहत हुई। उसने उसे ऊपर सीढ़ीयों पर आने का इशारा किया। भोला ने उसे जाने को कहा।

"तुम्हारा ही नाम गोमती है ना।" रूपकंवर ने गोमती से पूछा।

"हाँ ठकुराईन !"गोमती ने अपना सिर झुक़ाते हुए जवाब दिया।

"तुम तो बड़ी भोली भाली हो। कितने बच्चे हैं तुम्हारे?" रूपकवंर ने गोमती से सवाल किया।

"नहीं ठकुराईन। एक भी नहीं। गजवती माँ की कृपा होनी बाकी है।"

गोमती ने झुकी नजरों से जवाब दिया।

रूपकंवर गोमती के भोलेपन से उससे आत्मीयता महसूस करने लगी। उसने अपने कपड़ों में से सुन्दर सा जोड़ा लाकर गोमती को दिया। गोमती ने पहले तो ना नुकुर किया पर ठकुराईन के जोर देने पर ले लिया। रूपकंवर ने नीचे ठाकुर के कक्ष में खड़े जोरावर का चेहरा देख गोमती को जाने को कहा। गोमती भी ठकुराईन से बिदा लेकर वापस बाबू के पास बरामदे में आकर बैठ गई। उसने जोड़ा बाबू को दिखाया। भोला भी बड़ा खुश हुआ।

जोरावर ने भोला को ठाकुर के कहने पर अंदर कमरे में बुलाया। ग्रामसेवक कुछ फाइले लिए पास में खड़ा है। भोला ने मायबाप कह ठाकुर का आभार जताया। ठाकुर ने भोला से निश्चित होने को कहा। हरीश ठाकुर का इशारा पाकर बाहर बैठे बाबू गोमती के पास गया। घुंघटे में से गोमती का चेहरा स्पष्ट दिखाई दे रहा है। हरीश ने फाइल में से कुछ कागजात निकाल गोमती से अपना अँगूठा लगाने को कहा। गोमती ने बाबू की सहायता से हरीश के कहें अनुसार अगूठा लगा दिया।

ठाकुर ने जोरावर को शहर जाकर नामांकन दाखिल करवाने को कहा और साथ में हरीश व भोला को ले जाने को कहा। जोरावर ने हरीश को साथ चलने का इशारा दिया। भोला भी उनके पीछे चल दिया।

ठाकुर के नौकर ने बाहर आकर बाबू व गोमती को घर जाने के लिए कहा। गोमती–बाबू हवेली से बाहर आकर घर की ओर चल पड़े।

10

नामांकन पत्र

गोमती ने रूपकंवर के दिया हुआ जोड़ा शांति काकी को दिखाया। काकी बड़ी खुश हुई। चंदा ने भी उसका बखान किया। गोमती खुश है। रूपकंवर ने इतना स्नेह जो जताया। बाबू भी छुट्टी का पूरा मजा उठा रहा है। भोजन कर बाबा की खाट पर लेटा-लेटा गोबर से लिपी हुई सतह पर आकृतियाँ उकेर रहा है। गोमती के सरपंच बनने की बड़ी खुशी है उसे गोमती ने घर आकर उसे पानी पिलाया। गोमती बाबू से बात करना चाहती है पर बाबू अब भी आकृतियाँ उकेरने में लगा हुआ है। थक कर गोमती बकरियों को घास डालने चली गई। भैसों व बकरियों को कल उसने बची हुई लापी डाल दी थीं। वह बड़ा स्नेह करती हैं रूपा से। पिछले साल ही बाबा पास के गाँव से लाए थे। खूब दूध देती है। शुरू-शुरू में तो आनाकानी की फिर गोमती की जैसे सहेली ही बन गई और आराम से रहने लगी। वह बड़ा स्नेह जताया करती है गोमती से।

जोरावर शहर से नामांकन दर्ज कर लौट चुका है। भोला सीधा बस्ती चला गया। जोरावर ठाकुर के पास चला गया।

"दो दिन बाद नामांकन की आखिरी तारीख है। आपके कहे अनुसार किसी और ने नामांकन नहीं भरा है। निर्विरोध चुनाव होगा।" जोरावर ने ठाकुर से कहा।

"मुझे पता है। चुनाव निर्विरोध ही होगा। मुझे मानिक का थोड़ा डर था पर अब मेरी घोषणा से वह भी जाता रहा।"

ठाकुर ने बड़ी सांस लेते हुए कहा।

"उस साले मानिक को तो मैंने ढ़ाणी में ही दबोच कर गोमती के सरपंच बनने की बात कह कर धमका दिया है। साला गिड़गिडाने लगा। फिर मैंने छोड़ दिया।" जोरावर ने कहा।

"ठीक किया तुमने। बस एक बार यह सारी चुनावी प्रक्रिया ठीक तरह से पूरी हो जावे तो मार्बल की फैक्ट्री गाँव में लगा देते हैं। फिर धन की कमी न होगी।"

ठाकुर ने जोरावर की ओर देखकर कहा।

"फैक्ट्री तो लगेगी ही भाइसाहब ! बस सरकार की ओर से एक मौका तो मिले। फिर गजेन्द्र को भी बुला लेंगे। वो पढ़ा लिखा है आराम से संभाल लेगा फैक्ट्री को।"

जोरावर ने संतुष्टि भरे स्वर में कहा। गजेन्द्र का नाम लेकर ठाकुर की (दुखती रग) पर उँगली रख दी थी जोरावर ने। ठाकुर चुप हो गए। फिर कुछ बोले–

"मुझे नहीं लगता गजेन्द्र कभी गाँव रहने आएगा। वह शहर में रहना ही पसंद करेगा उस खुली हवा में। मुझे लगता है यहाँ गाँव में उसका दम घुटता है। फिर यहाँ तो सभी गंवार है। किसी से बात भी तो नहीं कर सकता।"

"बस्ती में जाने से मैंने रोक रखा है कहीं मुझसे विकास के नाम पर झगड़ा न कर बैठे। पढ़ाई ने उसका दिमाग बिगाड़ दिया है। मेरे बीमार होने पर भी मुझसे मिलने न आ सका।"

कहते-कहते ठाकुर की आँखों में आँसू आने लगे। जोरावर ने दूध के साथ दवाईयाँ देकर उन्हें सुला दिया।

भोला घर पर पहुँच चुका है। खाना खाकर खाट पर लेट गया। बाबू से भी काफी देर बात की। गोमती बैठी-बैठी सुनती रही। गोमती ने काफी दिनों बाद बाप-बेटे को घर और बस्ती के बारे में बात करते देखा। भोला ने शहर की बाते भी बाबू को बताई। बाबू जब छोटा था, जब उसकी माँ बीमार पड़ी थी, तब पहली बार शहर गया था। उस दुख भरे समय में उसको गाँव और शहर के बारे में पता लगाने का समय ही नहीं मिला। बाबा को भी इतने बड़े शहर में बाबू के गुम जाने का डर था। गोमती कभी भी शहर

नहीं गई है। उसके पिता कभी-कभार जमींदार के धान के टैक्ट्रर पर शहर जाया करते और आकर उसके बारे में घर में बताया करते। गोमती उनकी बातों को सुनकर रोमांचित हो जाया करती। बाबू-गोमती की दिली इच्छा है कि शहर जाए पर कोई मौका ही नहीं मिला। रोटी के जुगाड़ में ही सारा समय चला जाता। फ़िर बचत का तो सोचते भी कहाँ बस ख्याल है शहर के सपनों का।

गोमती के गाँव में भी सरपंच बनने की खबर पहुँच चुकी है। उसके माँ बाप बड़े खुश हुए। ढ़ाणी वालों ने बधाईयाँ दी। सभी ने गोमती के माँ बाप को किस्मत वाला बताया। साक्षात् लक्ष्मी पैदा की है गोमती की माँ ने तभी तो ठाकुरों ने सरपंच के लिए उम्मीदवार कराई वरना आज-कल कौन हम नीच–जात के बारे में सोचता है। हमारा तो जीवन ही इन ठाकुरों के खेतों में या बनियों के उधार चुकाने में चला जाता है पर गोमती तो साक्षात् देवी का रूप धारण कर आई है जो सरपंच बनने जा रही है। बड़े भले कार्यों का फल है। भगवान प्रसन्न है उस पर। यह सब सुनकर गोमती के माँ–पिता फूले नहीं समा रहे हैं। उन्होने नारू, जो कि गोमती का छोटा भाई है, को गुड़–भात लेकर गोमती के यहाँ भेज दिया है। इस बहाने मिल भी आएगा और समाचार भी ले आएगा। आखिर इकलौती बेटी है। अपने माँ-बाप की।

11

सरपंच गोमती

गोमती निर्विरोध सरपंच चुनी गई। हवेली हमेशा की तरह खुशी से महक उठी। संयोग ही कि उँची जाति नीची जाति की खुशी पर झूम रही है। ठाकुर का स्वास्थ्य ठीक हो गया है। पुनः बैठक कक्ष में बैठकें होने लगी है। पूरे क्षेत्र की बागडोर ठाकुर के हाथों में आ गई है। पंचायत का ग्रामसेवक हरिश ठाकुर की सेवा में लम्बवत् है। सारे पंचायत के काम हमेशा की तरह हवेली से होने लगे हैं।

बस्ती में हरीश का आना जाना शुरू हो गया है गोमती का अंगूठा लगवाने के लिए। गोमती का जीवन पहले की तरह चल रहा है। नाममात्र की संरपच जो बन बैठी है। कभी–कभार हवेली भी बुलाया जाता है जब सरकारी अफसर आते हैं। ठाकुर उनकी अच्छी खासी आवभगत कर वापस भेज देता है। गोमती एक शब्द भी नहीं बोल पाती है। बस कोने में खड़ी–खड़ी अपने आप को सरंपच होने का अहसास दिलाती है। कभी–कभी रूपकंवर मौका मिलने पर गोमती को छत पर बुला लेती है। दोनों में खूब पटती है। रूपकंवर कभी भी बस्ती नहीं आ पाई। जोरावर ने मना कर रखा है। वह गोमती से बस्ती के बारे में पूछती, जानकारी लेती। गोमती से स्नेह जताती। रूपकंवर के अलावा घर में औरत के नाम पर नौकरानियां है, जो जोरावर के डर से सदा भययभीत रहती, इसलिए खुल कर बोल नहीं पाती। पर गोमती के लिए बात दूसरी है। वह घंटो रूपकंवर से बातें किया करती। रूपकंवर जब से हवेली में जोरावर की घरवाली बन कर आई हैं तब से ही ठाकुर परिवार की बंदिशों में जकड़ी हुई है। जोरावर शुरू-शुरू में नई नवेली होने से खूब प्यार करता पर धीरे-धीरे शराब के नशे में मारपीट भी करने लगा। इसी बीच पहली संतान लड़की हुई तो माहौल गर्म हो गया। जोरावर ने पूरे तीन महीने तक बात नहीं की। ठाकुर साहब तो सदा दुखी रहने लगे। पर धीरे-धीरे

सब ठीक हो गया जब वह वापस परिवार का अभिन्न हिस्सा बन गई लड़के को जन्म देकर। जोरावर भी खुश रहने लगा। ठाकुर भी लड़के को खिलाने लगे।

बातों–बातों में कब समय चला जाता पता ही नहीं चलता। गोमती भी रूपकंवर की बातों को ध्यान से सुनती। ऊँची जाति की परम्पराओं, प्रथाओं, कार्यों–कानूनों के बारे में वह जानने लगीं। ऊँची जाति एवं नीची जाति की तुलना करने लगी।

गोमती से रूपकंवर की लड़की बड़ा प्रेम करने लगी। वह उसे भुआ कहने लगी। नौकरानियों को यह सब पंसद नहीं है क्योंकि वे सब गोमती से ऊँची जाति की है। पर रूपकंवर गोमती को इसका एहसास कराए बिना उससे बातें करती। गोमती कभी–कभार अपने भोलेपन में ऐसी बातें कर जाती की रूपकंवर को तो हंसी छूट जाती। हवेली के पुरूष उसे देख गुस्सा हो जाते। ठाकुरों की हवेलियों में औरतों का ऊँची आवाज में हँसना व बात करना अच्छा नहीं माना जाता है। इस कारण रूपकंवर को जोरावर की डांट खानी पड़ती पर वह गोमती को कुछ नहीं कह पाता, ठाकुर ने उसे रोक रखा है। गोमती यह सब समझती नहीं है। इसलिए वह भी मौका मिलने पर रूपकंवर के पास पहुँच जाती है।

भोला अब भी हवेली की सेवा में लगा हुआ है। उसके देखे गए बस्ती के कल्याण के कार्यक्रम सूखे पड़ते जा रहे हैं। बस्ती अब भी वैसी ही है जैसी गोमती के सरंपच बनने से पहले थी। वह रोज सुबह उठकर मंदिर जाता है ताकि उसकी मनोकामना पूरी हो सकें। ठाकुर से उसका अब कभी कभार ही सामना होता है। ठाकुर अपने काम-वालों, व्यापारियों से सदा घिरे रहते है। भोला हवेली में कोई छोटा–मोटा काम कर बरामदे में बैठा रहता है और लोगों को ठाकुर की बैठक से आते-जाते देखा करता है। महीने पर उसे उसका मेहनताना मिल जाता है। वह खुश है पर अभी भी कुछ बातें उसके मन में खटक रही है जिनका उसे अफसोस है। शायद अपने आप को दिलासा दिये हुए हैं कि समय आने पर सब ठीक हो जाएगा।

बाबू सुबह होते ही खेत में काम करने चला जाता है। गोमती सुबह ही उसका भोजन तैयार कर देती है। बाबू पहले की तरह गोमती से बातचीत

करता। बाबू गोमती को शुरू-शुरू में सरपंच ही बुलाने लगा पर धीरे-धीरे सब कम हो गया। घरेलू बातें करने के अलावा समय ही कहाँ होता कि सरपंची की बातें करते। बाबू हमेशा गोमती को दिलासा देने की कोशिश करता।

स्वयं गोमती भी यह सब समझने लगी। वह जानने लगी कि वह सरंपच बन गई, बस्ती का कल्याण करना चाहती है, पर है तो ठाकुर की बनाई हुई। हैं तो नीची जाति से सम्बंधित। कहाँ ठाकुरों की बराबरी कर सकती है? हम सदा ही इन ठाकुरों के नीचे ही तो रहते आए हैं फिर इनके बराबर या उपर कैसे जा सकते है? हमें अपनी औकात में ही रहना चाहिए। उसका काम कागज पर अँगूठा लगाने से ज्यादा कुछ नहीं है। इसी के लिए तो वह सरपंच बनाई गई। वरना हम नीच जातियों को पूछता कौन है? चलना तो ठाकुर का ही है।

गोमती गाँव बस्ती व ढ़ाणी वालों के लिए कुछ करना चाहती है पर पढ़ा लिखा न होने, नीच जाति से होने, उपर से ठाकुरों का राज होने से वह स्वयं को बेबस समझा करती है। कहीं अगर वह थोड़ी पढ़–लिख जाती तो हरीश के अंगूठा लगाने की डिब्बिया आगे कर देने से पहले उनसे सवाल करती, जवाब देने पर या संतुष्ट होने पर अंगूठा लगाती। मगर गोमती को अपने अधिकारों की सुध कहाँ कि वह यह सब कर पाती। वह पहले कि तरह ही घर के काम–काज में लगी हुई हैं। रूपा से उसका स्नेह अब और भी बढ़ गया। घर का काम निपटा कर वह कभी कभार काकी के यहाँ भी जाया करती। काकी से घंटो बतियाती। मन हल्का करती। फिर घर चली आती।

भोला कुछ बीमार चल रहा है। अब तो वह ठाकुर की हवेली पर भी नहीं जाता है। आँगन में पड़ी खाट पर पड़ा रहता है। अब ज्यादा घूमते फिरते नहीं है। सुबह मंदिर जाने में थोड़ी दिक्कत होती है पर क्रम अब भी जारी है। बाबू भी काम से जल्दी आकर भोला की देखभाल करने लगा। गोमती भोला के लिए काढ़ा बनाकर देती। स्वास्थ्य में थोड़ा-थोड़ा सुधार होने लगा है पर अब भी घुटनो में दर्द रहता है। कभी कभार तो बाबू के कंधे का सहारा भी लेना पड़ जाता है। ज्यादातर समय खाट पर पड़े-पड़े ही निकल जाता है। गोमती अब काम पर नहीं जाती है। बाबा की सेवा में

लगी रहती है। बिरजू काका जो थोड़ा बहुत देसी दवाईयों के बारे में जानकारी है, आकर देख गये तो बाबू को सेवा करते रहने को कहा। साथ में कुछ दवाइयाँ भी दे गये। बाबू उदास होने लगा है। अब उसका काम में मन कम ही लगता है। सारा दिन बाबा के बारे में सोचता रहता है। गोमती माता के नाम से घर में रात को तेल का दिया भी जलाती है ताकि भोला जल्दी ठीक हो जाये। वह बाबू की हालत को समझती है। वह जानती है कि बाबू को भोला ने बड़े ही प्यार से पाला है कहीं अगर कुछ हो गया तो.....। वह ऐसा सोच कांप उठती है और मुँह से गजवती माता का नाम ही सुनाई पड़ता है।

गोमती की नजर घर की तरफ आते हरीश की तरफ पड़ी। हाथ में फाइलों को न देख गोमती अचरज में पड़ गई। वह सीधा घर के सामने पहुँच गया।

"भोला। ठाकुर ने बुलाया है तुम्हें। कुछ काम है।" हरीश ने घर के बाहर ही खड़े होकर कहा।

"मांयबाप।" कहकर खाट पर लेटे-लेटे ही भोला ने हाथ जोड़कर कहा।

"बाबा की तबियत कुछ समय से खराब चल रही है। हवेली भी इसी वजह से नहीं आ पा रहे है।" गोमती ने घुंघट की आड़ में हरीश से कहा।

"जरूरी काम है इसलिए ही ठाकुर का आदेश आया है।" हरीश ने जोर देकर कहा।

"मैं बाबू के घर लौटते ही हवेली मे आ जाऊँगा ठाकुर साहब के आदेश पर।" भोला ने थोड़ा रूकते-रूकते कहा।

हरीश वापस चला जाता है। गोमती सोच में पड़ जाती है कि भोला को क्यों बुलाया है? ऐसा क्या काम पड़ गया? अब तो ठाकुर भी ठीक हो गये है। पता नहीं ऐसा क्या काम पड़ गया है ठाकुर साहब को? वह हरीश से पूछ भी न सकी।

शाम हो चुकी है। बाबू दिन भर काम करने के बाद घर की तरफ लौटने लगा। घर की देहरी पर बैठे–बैठे गोमती आज उसका इंतजार कर रही है। बाबू को आता देख गोमती खुश हुई। चेहरे पर हल्की सी मुस्कान लौटी।

बाबू ने आकर हाथ-मुँह धोए। फिर खाना खाने बैठ गया। भोला खाट पर खाना खाकर पहले ही लेटा हुआ है। खाना खिलाते हुए गोमती ने बाबू को हरीश के आने की बात बताई। बाबू ने जल्दी से ही खाना खाकर बाबा को चलने को कहा। भोला खाट से उठकर बाबू के साथ हवेली की ओर चल दिया।

ठाकुर अपने कक्ष में बैठे हुक्का फूँक रहे है। जोरावर ऊपर छत पर बैठा आज मदिरापान का आनंद ले रहा है। बाबू और भोला हवेली पहुँच गए।

"मांयबाप।" भोला ने अपने दोनों हाथ जोड़कर ठाकुर के तख्त के नीचे पड़ी चदद्र पर बैठ गया। बाबू खड़ा ही रहा।

ठाकुर ने हुक्का पीना बंद कर दिया। थोड़े क्षण चुप रहने के बाद ठाकुर ने भोला से कहा

"भोला! सरकारी आदेश आया है प्रधान जी ने भेजा है कि सभी गाँवों के संरपच को एक महीने के प्रशिक्षण के लिए शहर जाना पड़ेगा।"

"जी मांयबाप।" ठाकुर की बात सुन भोला ने लंबी सांस लेते हुए कहा। बाबू को उत्सुकता हो रही है कि वो ठाकुर से इस बारे में पूरा पता करे पर बाबा के डर से वह नहीं बोल पाया।

"परसो जोरावर और हरीश शहर तक गोमती को छोड़ आऐंगे। एक महीने की ही बात है फिर वापस गाँव आ जाएगी। तुम चिन्ता न करो। मेरे होते कुछ भी ग़लत न होगा।" ठाकुर ने निश्‍चिंत होकर अपनी बात कही।

"जी हुजूर। आपका आदेश सिर आखों पर। मैं कल ही उसको सामान बांधने को कह दूंगा।" भोला ने खांसते हुए कहा।

ठाकुर ने हाथ के इशारे से भोला को जाने को कहा। बाबू भोला को उठाकर हवेली से बाहर आ गया। बाबू अपने बाबा से कुछ पूछना चाह रहा है पर वह हिम्मत नहीं जुटा पा रहा है। आखिर बाबा ने ठाकुर के सामने हा कर दी है। अब गोमती को शहर जाना ही है। बाबू बाबा को लिए बस्ती की ओर उस रात के अंधेरे में जाने लगा।

12

प्रशिक्षण और मंजू

शांति काकी और चंदा ने मदद करके गोमती की जरूरतों का सामान एक पोटली में बांध दिया। बाबू आज काम पर नहीं गया है। वह गोमती के दूर जाने से दुखी है। घर में उसकी कमी उसे बहुत खलेगी, यह सोच वह रूआसा होता जा रहा है पर बाबा के कारण वह सब अपने अंदर रोके हुए है। गोमती इस बात से खुश है कि वह पहली बार शहर जा रही है पर घर पर बाबा की इस बुढ़ापे में सेवा कौन करेगा? बाबू का ख्याल कौन रखेगा? घर में गोमती के सिवाय कौई औरत भी तो नहीं है। बार–बार उसका मन इन बातों को सोच के भर आ रहा है पर ठाकुर के आदेश से जाना पड़ रहा है।

शांति काकी ने बाबा और बाबू का ध्यान रखने की जिम्मेदारी ले ली है। गोमती को वह बार-बार निश्चित हो जाने को कह रही है। उसने कहा कि "तू फिकर क्यों करती है? मैं हूँ ना। मैं बाबू और बाबा का ध्यान रखूँगी। कोई दुख नहीं होने दूँगी। तू चिन्ता न कर।" गोमती को काकी की बातों से थोड़ी राहत पहुँची पर वह घर से दूर कभी रही नहीं हैं सो उसे याद सताने का डर आने लगा। क्या होगा बाबू का? मेरी भी हालत तो......। सोचते-सोचते ग़ोमती की आँखों से आँसू बहने लगे। पूरा माहौल गमगीन हो गया। पूरी बस्ती में भी गोमती के शहर जाने की चर्चा है पर गोमती, बाबाऔ बाबू के दुख का किसी को अहसास भर नहीं है।

बाबू गोमती से दूर नहीं होना चाह रहा है। बाबा भी अपनी लक्ष्मी स्वरूपा बेटी को अकेली शहर भेजने को तैयार नहीं, पर ठाकुर के आदेश को मानना पड़ा। मजबूरन गोमती को शहर जाना पड़ रहा है। वो तो पढ़ी–लिखी भी नहीं है पता नहीं क्या होगा उसका शहर में? सोचकर भोला भी परेशान हुआ जा रहा है।

भोला, बाबू, गोमती और शांति काकी हवेली पर पहुँचे। हरीश पहले से ही भोला का इंतजार कर रहा है। उसके आते ही जोरावर भी जीप में आकर बैठ गया। बाबू ने गोमती की पोटली को पीछे की सीट पर रख दिया। हरीश ने जीप शुरू कर दी। गोमती जीप में बैठ-चुकी है। बाबू, भोला, शांति काकी सभी की आँखों में आँसू है। गोमती का हाल भी बुरा है। हरीश ने जीप को चला दिया। गोमती जीप में बैठी-बैठी अपने से दूर हो रहे बाबू, बाबा, काकी को देखकर और दुखी होने लगी। जोरावर ने बीड़ी जलाई और हरीश जीप चलाने में मग्न है। करीब 4 घंटे लगते हैं गाँव से शहर जाने में। गोमती को यह रास्ता अकेले बैठे काटना है। उसको जोरावर का डर भी लग रहा है पर बाबा का विश्वास होने से वह हिम्मत बांधे हुए है।

गाड़ी प्रधान कार्यालय के आगे आकर रूक गई है ब्लॉक के सभी पंचायतों के सरंपचो का प्रशिक्षण शिविर का आयोजन प्रधान कार्यालय स्थल पर ही होना है। सरपंचो के रहने की व्यवस्था अलग–अलग कमरों में कर दी गई। गोमती जीप से उतरकर अपनी पोटली को हाथों में ले लेती है। जोरावर व हरीश गोमती को लेकर पंजीकरण कक्ष की ओर जाते हैं।

''नमस्कार बहन जी।'' जोरावर ने डेस्क पर बैठी महिला से कहा। महिला के डेस्क पर रखी नेमप्लेट पर लिखा हुआ है–श्रीमति मंजू जीनगर। वह वहाँ पंजीकृत कार्यधिकारी हैं।

'''नमस्कार! आपका नाम?'' महिला ने जोरावर व हरीश की ओर मुँह कर पूछा।

''हम गोवर्धनपुर से आए है हमारी सरंपच के प्रशिक्षण के लिए।'' जोरावर ने हरीश से एक लेटर निकालकर दिखाते हुए कहा।

''गोमती!'' महिला ने बड़े आशचर्य से पूछा।

''हाँ।'' जोरावर व हरीश ने एक स्वर में उत्तर दिया। ''कहाँ है गोमती? आप उसे साथ लेकर आए हैं कि नहीं?'' महिला ने पूछा।

''हाँ। गोमती हमारे साथ ही आई है।'' हरीश ने कहकर गोमती को आगे खड़ा कर दिया। गोमती को एकटक देख श्रीमति मंजू ने उसका पंजीकरण कर दिया।

गोमती उन सब की बातों के बीच डेस्क के कोने पर खड़ी रही। उसे बोलने का मौका तत न मिला। वह अपनी नजर नीचे झुकाए हुए खड़ी रही।

"मगर इनके लिए स्पेशल अरैन्जमेंट करनी पड़ेगी। यहाँ कार्यालय में महिलाओं के लिए कोई व्यवस्था नहीं हैं।" महिला ने कहा

"मगर गोमती को प्रशिक्षण के लिए रूकना तो पड़ेगा।" हरीश ने महिला से कहा।

महिला ने गोमती के भोलेपन व गाँव की होने से उसे अपने घर पर रूकने की व्यवस्था कर दी। गोमती बड़ी खुश हुई पर वह चुपचाप खड़ी रही। हरीश व जोरावर महिला को हाथ जोड़कर वापस गाँव चले गये। बस खड़ी रही गोमती।

मंजू उसे अपना कार्यालय समय समाप्त होने पर अपने घर लेकर गई। गोमती चुपचाप रही। मँजू ने भी उससे बात करने की कोशिश न की।

मंजू शहर में अकेली घर में रहती है। उनके पति सदा काम के सिलसिले में बाहर रहते हैं। कोई बच्चा भी नहीं है। गोमती काफी थक चुकी है। वह घर में सोफे के पास बिछाई चटाई पर लेट गई। उसे कब नींद आई पता ही नहीं चला। रात के 7 बज चुके हैं। मँजू ने उसे जगाया और अपने साथ खाना खाने को कहा। गोमती वहीं चटाई पर खाना खाने बैठ गई पर मँजू ने उसे अपने डाइनिंग टेबल पर बिठाया। गोमती थोड़ा असहज महसूस करने लगी पर वह मंजू से कुछ नहीं कह पा रही है। खाना खाकर मंजू ने उसे सोफे पर बैठने को कहा और टीवी चालू कर दिया।

गोमती ने सब नया अनुभव किया। उसने कभी भी शहर नहीं देखा। पहली बार कुर्सी पर बैठकर खाना खाया। टीवी को देखकर तो वह बहुत रोमांचित ही हो उठी। पर रह रहकर बाबा बाबू की याद आने लगी। मंजू ने थोड़ी बहुत बातें गोमती से की पर वह इतना लगाव महसूस न कर सकी जितना वो सोचती थी।

ग्रामीण स्वभावानुसार गोमती प्रातः काल जल्दी ही उठ गई। वह पहली बार रात को बेड पर सोई। उसे गाँव की चटाई की याद आ गई जिस पर वह सोया करती। वह सीधा रसोईघर में गई और बर्तनों को साफ करने

लगी। मंजू सुबह देर से उठा करती तो वह बेड पर लेटी रही। इसी बीच गोमती ने बर्तनों को साफ कर पूरे घर में पोंछा लगाया। घर मानों चमक उठा और कोई काम ना देख वह खिड़की के पास बैठ गई। बाहर सड़क के उस पार हरे उद्यान को देखकर उसे गाँव के हरियाले खेत याद आने लगे। सड़क पर चली रही कारों, मोटरों से उसके कान बजने लगे। लोगों को सड़क पर चलते, सड़क पार करते वह बड़ा दिलचस्पी से देखने लगी। पर उसका धैर्य छलक उठा और आँसूओं की धार फूट पड़ी।

तभी गोमती के कंधे पर पीछे से मंजू ने हाथ रखा। वह गोमती के आँसुओं को देख दुखी हो गई। गोमती ने आँसुओं के साथ-साथ अपनी व्यथा भी मंजू को सुना दी। मंजू भी आँसूओं को न रोक पाई। गोमती मंजू के गले लग गई मंजू की आत्मीयता गोमती से एक क्षण में ही बढ़ गई। गोमती अब सहज महसूस करने लगी, मंजू भी गोमती के रूप में सहेली पाकर खुश है।

मंजू रोज गोमती को अपने साथ कार्यालय ले जाती। गोमती अपने प्रशिक्षण में ध्यान से मन लगाती रही व मंजू कार्यालयी कार्यों में व्यस्त रहती। शाम को दोनों साथ–साथ घर आती गोमती के लिए खाना मंजू खुद बनाया करती। गोमती प्रशिक्षण के अनसुलझे पहलुओं के बारे में कार्यालय में पूछने में असहज महसूस करती परन्तु मंजू से वह पूछ लेती। मंजू भी पँचायती राज, पंचायतों के अधिकारों, सरपंच की भूमिका व दायित्वों के बारे में गोमती को विस्तार से बताया करती। प्रशिक्षण व मंजू से चर्चा के कारण गोमती की जागरूकता बढ़ने लगी। वह समझदारी पूर्ण बाते करती, प्रशिक्षण में भी बढ़ चढ़ कर भाग लेती। मंजू का उसके ज्ञान को बढ़ाने मे अद्वितीय योगदान रहा।

प्रशिक्षण का समय कब समाप्त हो गया पता ही नहीं चला। हरीश जीप लेकर गोमती को लेने भोला को भी साथ लेकर आया। मंजू-गोमती एक दूसरे से बिछड़ने पर दुखी होने लगे। मंजू अपनी सहेली जैसी बहन से बिछड़ने पर दुखी है पर वह यह जान कर संतुष्ट है कि गोमती अपने गाँव के लिए कुछ अच्छा काम जरूर करेगी। भोला ने भी मंजू को हाथ जोड़कर धन्यवाद दिया। गोमती को भी मंजू से बिछड़ने पर दुख हुआ पर वह बाबा

बाबू के बारे में सोच खुश हुई। मंजू ने उसका सामान खुद जीप में रखा और उसे भेंट के रूप में दो साड़ियाँ भी दीं।

पिछले एक साल में गोमती ने गाँव में बहुत कुछ बदलने की कोशिश की पर ठाकुर के कारण नाकाम रही। हरीश भी उसके कागजातों के बारे में पूछताछ करने पर सीधा जवाब न देकर ऊपर से डाटने लगता। जोरावर ने दो तीन बार बाबू को फटकार लगाई। ठाकुर पंचायत के कार्यों से गोमती को दूर रखने का भरसक प्रयास करना चाहता है पर गोमती अपने को पंचायत में भागीदार बनाकर बस्ती वालों का, ढ़ाणियों का कल्याण करना चाहती है पर ठाकुर के आगे वह निरीह गाय की तरह है जिसे पाला तो जा रहा है पर घास मालिक के कहे अनुसार ही डाली जा रही है ताकि कहीं बलिष्ट ना हो जाये।

गजेन्द्र भी अपनी पढ़ाई पूरी कर गाँव में आ गया। वह आगे की पढ़ाई जारी रखना चाह रहा है पर ठाकुर ने उसे यहीं रोक लिया। गजेन्द्र अनचाहे मन से गाँव की हवेली में ही रहता है। ठाकुर उसे सदा पंचायत के कामों में उलझाए रखते। गजेन्द्र जब अंग्रेजी में सरकारी ऑफिसरों से बात करता तो ठाकुर का सीना चौड़ा हो जाता। पर गजेन्द्र को पंचायत की वास्तविकता के बारे में ठाकुरं ने बताया नहीं है। वह भी ऊँची जाति के ढग का शिकार हो गया है।

भोला अब ज्यादा ही बीमार रहने लगा। अब मंदिर का क्रम टूट चुका है। घुटनों में तीव्र दर्द रहने लगा। ज्यादातर समय खाट पर ही पड़े रहता। गोमती जी जान से सेवा में जुट चुकी है। बाबू भी अपने बाबा को बीमार देख दुखी रहने लगा। गोमती अपने को असहाय महसूस करने लगी। उसके विकासकारी विचार गाँव की मिट्टी में ही मिले जा रहे है। वह कुछ नहीं कर पा रही है। डॉक्टर गाँव में है नहीं और इतना पैसा नहीं कि शहर जा सकें। ठाकुर की इतनी सेवा करने के बाद भी भोला मृत्यु के मुँह में जा रहा है उसे कोई सहायता नहीं मिली। आखिर छोटी जाति के लोगों के आगे मूल्य ही क्या होता है, वे तो पैदा होते ही इनकी सेवा–चाकरी में जुट जाते हैं पर मरते समय अपने आप को किसी दोष का भागी समझ कर प्राण छोड़ देते है। पर बड़े लोगों पर कुछ भी फर्क नहीं पड़ता है।

13

कुटीर उद्योग केन्द्र

सरकार ने गाँव में २ लाख रूपये की राशि से सरकारी जमीन पर कुटीर उद्योग केन्द्र खोलने की घोषणा की ताकि क्षेत्र के गरीब, मजबूर कुटीर उद्योग केन्द्र में काम सीख बारह महीने अपनी आजीविका चला सके।

पर हवेली में कुछ और ही योजना बनने लगी। ठाकुर ने शहर से इंजीनियरों को बुलाकर अपनी मार्बल फैक्ट्री की योजना का शुभारंभ किया। ठाकुर खुश हैं कि सरकारी राशि व जमीन पर वो अपनी फैक्ट्री खोलकर अपार धन इकट्ठा कर लेगा। गाँव वालों को फैक्ट्री में मजदूरों के रूप में काम मिल जाएगा और मजूरी भी कम देनी पड़ेगी।

गोमती की खुशी भी क्षणभर ही रही जब उसको कुटीर उद्योग केन्द्र की जगह फैक्ट्री बनने की बात पता चली। उसका शांत चेहरा अब धीरे–धीरे विद्रोही रूप धारण करने लगा। उसने हरीश के लाएं दस्तावेजों पर अँगूठा लगाने से मना कर दिया। हरीश भी गुस्सा होकर वापस हवेली चला गया। ठाकुर को पता चला तो तिलमिला उठा। पहली बार किसी ने ठाकुर के काम में खलल डाला है। उसने जोरावर को गुस्से को शांत करने को कहा। जोरावर उसे मारने पर उतारू हो गया। पर ठाकुर जानता है गोमती सरपंच पद पर है। अगर उसे कुछ हो गया या उसने किसी शहर वाले को बता दिया तो बहुत बड़ा संकट उत्पन्न हो जाएगा। फैक्ट्री नहीं लग पाएगी।

ठाकुर ने भोला को बुलाया। भोला बाबू के साथ बीमारी की स्थिति में भी हवेली पहुँचा। ठाकुर ने भोला को बहुत डाँटा फटकारा और उसे अपनी औकात में रहने को कहा। बाबू को ठाकुर की बातों पर गुस्सा आने लगा पर भोला सब चुप–चाप सुनता रहा। भोला ने गोमती को समझाने की बात कही और कहा कि आगे से ऐसी गलती नहीं होगी।

भोला ने घर आकर गोमती को ठाकुर की बात बताई और उसे अँगूठा लगाने को कहा पर गोमती गाँव वालों की भलाई पर कुटीर केन्द्र पर ही डटी रही। भोला ने अचानक उस पर हाथ उठा दिया। पहली बार भोला ने गोमती पर हाथ उठाया था। गोमती रोने लगी। भोला भी अपने आँसूओं को रोक न सका। बाबू ने भोला को खाट पर बिठा दिया। भोला ठाकुरों के आगे बेबस है। वह नहीं जानता कि आगे क्या होने वाला है? बाबू ने गोमती को समझाने की कोशिश की पर वह नहीं मानी। उल्टा बाबू को कुटीर केन्द्र के बारे में बताने लगी। उसके फायदे बताए और गाँव वालों की भलाई की बातें कही। इससे अच्छी आजीविका की प्राप्ति होगी। बच्चे स्कूल जा पाएगें। पैसा भी ठाकुर के मजूरी से ज्यादा ही मिलेगा। बस्ती के लोगों के दुख दूर हो जाऐंगे। बस्ती का कल्याण हो जाएगा।

बाबू गोमती से सहमत होने लगा। उसने गोमती का समर्थन किया। उसने बाबा को भी यह बाते बताई। भोला भी बस्ती वालों का कल्याण ही देखा करता, पर यहाँ तो ठाकुर खुद कल्याण को बस्ती से दूर ले जा रहा है। वह कुछ सोच नहीं पा रहा है। बस खाट पर बैठे-बैठे अपनी बेबसी का अहसास कर रहा है।

बस्ती में गोमती के अपनी जगह डटे रहने से रोष उत्पन्न हो गया। सभी उसे ठाकुर के कहर से बचने को कहने लगे। पता नहीं जोरावर उनके साथ गोमती की वजह से क्या हाल करेगा। मजूरी भी छिन जाएगी, भूखे मरेंगे। सभी गोमती की आलोचना कर अँगूठा लगाने की बात पर डटे रहे। पर गोमती ने कुटीर केन्द्र के फायदे के बारे में सभी को बताया। सभी की आँखों में कल्याण के सपने तैरने लगे पर यहाँ तो ठाकुर ही सबसे पड़ी समस्या होने से वे सब चकनाचूर हो गए। गोमती ने भी अपनी बात निडरता से गाँव वालों से कह दी कि वह अपने मरते दम तक अँगूठा नहीं लगाएगी।

गाँव वाले सभी परेशान। उधर हवेली में बात बहुत बढ़ चुकी है। जोरावर अपने आप को गुस्से में संभाल नहीं कर पा रहा है। उधर ठाकुर भी सोच में पड़े हुए हैं। उन्होंने जोरावर से बाबू को हवेली लेकर आने को कहा। जोरावर इतना सुनते ही आदमियों के साथ बस्ती पहुँच गया। सभी बस्ती वालों के सामने बाबू को घसीटते हुए ले गए। गोमती बाबू के पीछे भागती

रही। बिलखती रही। भोला खाट में ही पड़ा रहा। किसी ने भी जोरावर के सामने एक शब्द भी बोलने की हिम्मत न की।

बाबू को पकड़कर जोरावर ने ठाकुर के सामने पटक दिया। बाबू डरा हुआ है पता नहीं अब क्या होगा? जोरावर की आँखों में खून खौल रहा है। वह काबू से बाहर हो रहा है। ठाकुर ने बाबू को गुस्से में गोमती को समझाने को कहा। बाबू चुपचाप ठाकुर के आगे सिर झुकाए बैठा सब सुनता रहा। उसने ठाकुर के सामने गोमती की कल्याणवादी बातें दुहराई। ठाकुर अपने आपे से बाहर हो गया। पूरी हवेली का माहौल गर्म हो उठा। गजेन्द्र चुपचाप छत से सब देखता रहा। ठाकुर ने जोरावर को इशारा कर दिया। जोरावर ने बाबू को बरामदे ले जाकर खूब पिटा। इतनी देर तक पिटाई करने से बाबू का चेहरा, टांगे, हाथ सब से खून निकलने लगा पर जोरावर पिटने में लगा रहा। एक तीखी चीख के साथ बाबू ने अपने प्राण ठाकुर को न्योंछावर कर दिये।

जोरावर बस बाबू को सबक सिखाना चाह रहा था पर उसे स्वयं भी बाबू के प्राण होने जाने पर अजब सी घुटन हुई। ठाकुर को पता चला तो, जोरावर पर गाज गिरी। पर स्थिति को संभालते हुए ठाकुर ने जोरावर से बाबू को ठिकाने लगाने को कहा।

सुबह हो गई। रात भर गोमती देहरी पर बाबू के इंतजार में बैठी रही। बाबू की याद में वह रातभर अपने आँसूओं को नहीं रोक पाई। बाबू के नहीं लौटने पर वह विचलित हो उठी। सभी बस्ती वाले काम पर जाने लगे। भोला आज सुबह से ही खाँसी से बुरी तरह पीड़ित है। वह अपनी खाँसी को नहीं रोक पा रहा है। शांति काकी गोमती को दिलासा दिये हुए है कि बाबू जल्दी ही लौट आएगा। पर गोमती अभी भी चिन्ता से घिरी हुई है। वह अपने आने वाले कल को लेकर चिन्तित है। घर में आज चूल्हा नहीं जला। गोमती दिन भर घर के बाहर बैठी रही। शांति काकी ने भोला को खाना खिला दिया। शाम होने लगी पर बाबू न लौटा।

गोमती अचानक तीव्र वेग से हवेली की ओर जाने लगी। शांति काकी ने उसे बहुत रोकने की कोशिश की पर वह नहीं मानी। भोला बोल ही नहीं पाया। खाट में पड़ा गोमती को जाते देखता रहा। गोमती के हृदय में

क्रोध का अंबार उबल रहा है। वह आज ठाकुर से टकराना चाहती हैं। अपने बाबू को वापस पाना चाहती है। आज क्या होने वाला है? नहीं जानकर वह खुद हवेली पर पहुँची। जोरावर ने उसे आते देख शराब की बोतल रख दी ओर उसकी ओर बढ़ा कर चला आया। एकाएक जोरावर को अपने सामने पाकर गोमती डर गई। उसने बाबू के बारे में जोरावर से पूछा। पर जोरावर आज अलग ही रंग में है। वह उसे गुस्से में सीधा पकड़कर हवेली से सटी कोठरी में ले गया। गोमती को लगा वह बाबू से मिलने जा रही है पर उसे आने वाले क्षण का अंदाजा भी नहीं है।

जोरावर गोमती के साथ जबरदस्ती करने लगा। गोमती दरवाजे की ओर दौड़ी पर ताला पाकर होश खो बैठी। उसे समझ में नहीं आ रहा है कि वह क्या करे? रोने लगी। माता को याद करने लगी। तभी जोरावर ने अपने राक्षस रूपी आक्रोश में गोमती को लपेट लिया। गोमती चिखती रही चिल्लाती रही पर सब बेकार। कोई सुनने वाला नहीं। जोरावर के गुस्से की आग में गोमती रातभर जलती रही लहुलुहान हो गई। खून बहने लगा। जोरावर को जरा भी तरस नहीं आई। भगवान भी चुपचाप देखता रहा। शायद उसको भी नीची जाति की अबला गोमती की इज्जत पर तरस नहीं आया। गोमती तड़पती रही और बेहोश हो गई।

जोरावर ने गोमती को मरा हुआ सोच गाँव के बाहर जीप से डालकर हवेली आ गया। उसने सोचा लोग बाबू के पीछे पागल होकर आत्महत्या सोचेंगे। गोमती का जीवन खत्म हो गया, इज्जत चली गई पर अपने अडिग हौंसले से उसकी साँस चल रही है। मुँह से बस बाबू का ही नाम निकल रहा है।

गोमती सूर्य की किरणों को झेल नहीं पाई। अपनी बची हुई इज्जत भी वह बचाने लगी। वह कुछ सोच नहीं पा रही है। बाबू का कुछ पता नहीं चला उल्टा अपना सब कुछ गवा बैठी। गाँव वाले सब पराए हो गए। बाबा यह सब कुछ सुनकर ही मर गए होंगे। अब मैं अकेली क्या करूँगी? कौन है मेरा यहाँ? ठाकुर के आगे सभी बेबस हैं। कल्याण बस्ती में नहीं पहुँच पाएगा। वह अपने जीवन का अंत करना चाहती है। अपने को बेबस लाचार मान रही गोमती सड़क पर जाकर खड़ी हो गई। पर तीव्र सूर्य किरणों ने उसे गर्मी न झेल पाने से बेहोश कर दिया।

दो दिनो बाद गोमती ने आँखे खोली। अपने आप को बिस्तर पर पाकर वह चौंक उठी। सामने एक महिला को वह पूछना चाह रही थी पर बोल नहीं पाई। आँसू बहने लगे। चीखने–चिल्लाने लगी। कमला दीदी ने उसे शांत करते हुए उसे ढांढ़स बंधाया। सड़क पर गिरी गोमती को किसी भले आदमी ने अपनी गाड़ी से शहर के अस्पताल छोड़ दिया। अस्पताल वालों ने पुलिस को खबर करने के बजाय समाज सेविका कमला दीदी को सूचित करना उचित समझा। पिछले दो दिनों से कमला दीदी उसकी सेवा कर रही है।

कमला दीदी ने गोमती से बात करने की कोशिश की। गोमती ने आँसूओं के साथ अपनी व्यथा बयां कर दी। कमला दीदी भावुक हो उठी। दीदी ने उसका सब कुछ ठीक हो जाने का आश्वासन दिया। दीदी ने डॉक्टर से बात कर गोमती को अपने घर ले गई। यहाँ पर गोमती के साथ दीदी जल्दी ही गुलमिल गई पर गोमती की चोंटे अब भी दर्द देते जा रही हैं।

वह तो मरना चाहती है पर भगवान को यह भी नसीब नहीं हुआ और दुखों के साथ जीने को मजबूर कर दिया। वह दिन भर रोती रहती। दीदी भी उसे ज्यादा दुखी देख कर पुरूष जाति के प्रति घृणा से भर उठती। दीदी ने गोमती के दुख–दर्द को दूर कर अच्छा जीवन देने की कोशिश करनी चाही। ठीक होते ही कमला दीदी गोमती को अपने महिला केन्द्र ले गई, जो बेसहारा सताई हुई औरतों का घर है। जहाँ औरतें स्वावलंबन से सिलाई का काम, मोमबत्ती बनाने आदि कुटीर उद्योग का कार्य कर अपना जीवन निर्वाह करती है। उन सब से गोमती का परिचय कमला दीदी ने सुजाता के रूप में कराया। गोमती भी सुजाता के रूप में जीवन व बेसहारा औरतों में अपनाकर केन्द्र को समर्पित हो गई।

14

सुजाता का आगमन

सुजाता ने बस से उतर कर गोवर्धनपुर की भूमि पर अपने पैर रखे। गोमती के रूप में सुजाता अपने परिवार की यादों को याद करने लगी। उसे अपनी झोपड़ी याद आने लगी जिसे आज से ६ साल पहले ठाकुरों के आत्याचारों से छोड़ना पड़ा था। बाबू आज भी उसके दिल में अपना स्थान बनाए हुए हैं पर उसके साथ उस रात क्या हुआ था उसे आज तक पता नहीं चला। भोला को अपने पिता की तरह मानने वाली सुजाता आज भी उसकी छत्रछाया को महसूस कर दुखी हो रही है। सुजाता आज भी बस्ती को नहीं भूल पाई है।

"क्या हुआ दीदी। आप रूक क्यों गई? क्या हम पंचायत नहीं जा रहे हैं?" साथ आई गीता ने सुजाता से पूछा।

अचानक अपनी यादों से बाहर आकर सुजाता ने गीता को जवाब दिया।

"हाँ। हमें पहले पंचायत ही जाना है ताकि हमारी रहने की व्यवस्था हो सके।"

कहकर सुजाता गीता को साथ लेकर पंचायत की ओर बढ़ने लगी। सुजाता सभी पगडंडियों से वाकिफ है। विडंम्बना ही है कि अपने गाँव में ही उसे रहने के लिए सरकारी फरमान की जरूरत पड़ रही है। वह गहरी सोच में डूबी हुई है।

"आप इस गाँव में पहले भी आ चुकी है क्या दीदी?" गीता ने सुजाता के निश्चित होकर चलने के कारण आश्चर्य चकित होकर पूछा।

"नहीं गीता। मैं तो बस ऐसे ही अनुमान लगाकर चल रही हूँ।" सुजाता ने थोड़ा घबराते हुए जवाब दिया।

"वैसे गाँव तो बड़ा सुंदर लग रहा है दीदी! लहराते खेती, नदी का बहता जल कितना सुंदर है कितने सुखी होंगे गाँव वालें, जो इस प्राकृतिक वातावरण में सुखदायक जीवन व्यतीत करते है।" गीता ने कहा।

सुजाता गीता की बाते सुन सोच में डूब गई। उसे बस्ती की दयनीय स्थिति याद आने लगी जहाँ लोग ठाकुरों के खेतों में दिनभर काम करने के बाद भी मुश्किल से दो वक्त का भोजन प्राप्त कर पाते। दूर से ही सुंदर दिखने वाले सुन्दर गाँव में ऊंची जातियों के रूप में कितने कांटे लगे हैं यह तो भुगतने वाला ही जान सकता है और सुजाता तो इन सब को कैसे भूल सकती है।

उनके पास अचानक जीप आकर रूकी। जीप से उतरकर आदमी सीधा दोनों के सामनें खड़ा हो गया। उसने एकटक दोनों को देखा।

"कहाँ जाना है आपको? शहर से आई है क्या?" जोरावर ने पूछा।

अपने साथ कुकर्म करने वाले जोरावर को अपने सामने पाकर सुजाता का जैसे खून खौल उठा। पर वह जोरावर द्वारा स्वयं को न पहचाने जाने से आश्चर्य चकित हो उठी। फटे पुराने कपड़ों में रहने वाली गोमती को शहर में साड़ी पहनकर रहने वाली सुजाता के रूप में शायद जोरावर पहचान नहीं पाया। सुजाता ने अपना धैर्य खोये बिना चुपचाप खड़ा रहना उचित समझा।

"हमें पंचायत जाना है। हम सरकारी काम से आए हैं। गीता ने जोरावर को जवाब दिया।

"सरकारी काम?" जोरावर ने पूछा

"हाँ। श्रम मंत्रालय के आदेश से ही यहाँ आए हैं।" गीता ने जबाव दिया।

जोरावर ने और सवाल पूछे बिना उनको जीप में बिठाया और पंचायत के सामने छोड़ दिया। रास्ते में मार्बल फैक्ट्री को देख सुजाता थोड़ा विचलित हो उठी। चंदा को पंचायत में देख सुजाता को शांति काकी के बारे में याद आई। चंदा झाडू लगा रही है। सुजाता ने उसके पास जाकर बात करनी चाही पर हिम्मत न कर पायी। वह शायद मरी हुई गोमती को वापस जीवित करना नहीं चाहती है।

ग्रामसेवक हरीश से पूछने पर पता चला कि ठाकुर के मरने के बाद जोरावर सरपंच बन गया है। यह सुनकर सुजाता के दिल में बदले की भावना उठने लगी। सुजाता ने अपने आने का कारण बताया तो हरीश की सिट्टी पिट्टि गुम हो गई। वह जोरावर को बुलाने दौड़ पड़ा।

चंदा, सुजाता व गीता को एकटक देखी रही है। पर सुजाता को पहचान न पाई। सुजाता का किसी को द्वारा न पहचाने जाने से लगा कि शायद लोग गोमती और उसके परिवार को भूल चुके है। किसी ने जानने कि कोशिश भी नहीं की होगी। सुजाता अपने अंदर ही अंदर रोने लगी।

सुजाता और गीता ने चंदा से गाँव के बारे में जानकारी लेनी चाही। चंदा ने बस्ती के बारे में बताया। हवेली के बारे में बताया। सुजाता उसे अनजाने में गोमती के बारे में पूछना चाह रही थी कि जोरावर को देख चंदा वापस काम में लग गई। जोरावर के साथ खड़ा नवयुवक गजेन्द्र है जो अपने अनपढ़ भाई की पंचायती कार्य में मदद करता है।

गजेन्द्र गोमती को देख मंत्र युग्ध हो गया। गोमती भी एकटक उसे देखने लगी। गोमती को कभी भी गजेन्द्र ने नहीं देखा था। ग्रामसेवक हरीश ने सारी बात जोरावर को बता दी है। वह तिलमिलाया हुआ है पर स्थिति को कैसे संभाले उसे कुछ भी समझ नहीं आ रहा। वह अपने आनेवाले अनिष्ठ की आशंका से चितिंत है।

"हरीश ने बताया कि आप सरकारी काम से आए। श्रम मंत्रालय से।" गजेन्द्र ने बड़े विनम्र स्वभाव से सुजाता से पूछा।

"हाँ। हमें श्रम मंत्रालय से गाँव में छः साल पहले लगे कुटीर उद्योग केन्द्र का परीक्षण कर अपना प्रतिवेदन दर्ज कराने के लिए आदेश मिले हैं।" सुजाता ने अपने आने का कारण स्पष्ट कर दिया।

कुटीर उद्योग केन्द्र? गजेन्द्र ने बड़े आश्चर्य से पूछा

"हाँ। सरकार के श्रममंत्रालय ने गाँव में केन्द्र की स्थापना करने का प्रस्ताव पारित किया था जिससे की गरीब गाँव वालों को आजीविका मिल सके।" सुजाता ने स्थिति को स्पष्ट किया।

"पर गाँव में तो कोई कुटीर केन्द्र नहीं है।" गजेन्द्र ने जोरावर की ओर देखकर कहा।

गजेन्द्र को गोमती के साथ जोरावर ने क्या किया था इसका पता नहीं हैं। यहाँ तक फैक्ट्री का काम सोपतें समय ठाकुर ने भी यह उसे नहीं बताया कि कुटीर केन्द्र की जगह फैक्ट्री बनाई गई है।

हरीश ने विषय बदलते हुए कहा कि "आप दोनों के गाँव में रहने की व्यवस्था पंचायत के पास बने ग्रामसेवक क्वार्टर मे कर दी गई है। आप को किसी चीज की कोई कमी नहीं होगी। आप चाहे तो चलिए मैं आपको वहाँ ले चलता हूँ।"

सुजाता और गीता ने स्थिति को जानकर वहाँ से जाना ही उचित समझा। हरीश उन्हें क्वार्टर में ले गया।

"आपने मुझे कभी कुटीर केन्द्र के बारे में बताया क्यों नहीं?" गजेन्द्र ने थोड़ा गुस्से में जोरावर से पूछा।

"वो क्या है कि......। कहते-कहते जोरावर की आवाज अवरूद्ध हो गई।

गजेन्द्र सब समझ गया। वह वहाँ से चला गया। जोरावर वही संकट में अपने आपको फंसा हुआ कुछ सोच नहीं पा रहा है। कैसे वह इस समस्या का समाधान करेगा? सोच उसका सिर चकराने लगा।

15

मार्बल फैक्ट्री

गजेन्द्र सुबह आठ बजे ही क्वार्टर पहुँच गया। सुजाता गजेन्द्र को देख स्तब्ध हो गई। गजेन्द्र रात भर सुजाता के ख्यालों में खोया रहा। उसे अपने में कुछ नयापन महसूस होंने लगा है। सुजाता की खूबसूरती को देख वह मंत्रमुग्ध हो गया। वह जब तक सुजाता गाँव में है तब तक उसके साथ समय बिताने के ख्यालों में डूब चुका है।

''नमस्ते!'' सुजाता ने गजेन्द्र का अभिवादन किया। ''नमस्ते! सुजाता जी! रात को कोई समस्या तो नहीं हुई।'' ख्यालों से बाहर आकर गजेन्द्र ने पूछा।

''नही! आपके रहते हमें भला क्यों समस्या होंने लगी। वैसे आप कहाँ तक पढ़े हैं?'' सुजाता ने गजेन्द्र की चुटकी लेते हुए पूछा।

''मैंने राजकीय कॉलेज से बी. ए. किया है।'' गजेन्द्र ने अपनी छाती चौड़ी करते हुए जवाब दिया

''अच्छा।'' सुजाता ने कहा।

''और मार्बल फैक्ट्री का सारा काम भी मैं ही संभालता हूँ।'' गजेन्द्र ने कहा।

''पर हमें अफसोस है कि आपकी ये फैक्ट्री जल्दी ही बंद हो जाएगी।'' सुजाता ने थोड़े गंभीर स्वर में कहा।

''क्यों? आप ऐसा क्यों कह रही है?'' गजेन्द्र ने गंभीरता से पूछा।

''फैक्ट्री कुटीर उद्योग केन्द्र के पैसे और जमीन पर बनी है। इसका असली मालिकाना हक तो उन बस्ती वालों का है जो आज भी आपके खेतों पर काम करके भी गरीब है।'' सुजाता ने उत्तेजित होते हुए गजेन्द्र को कहा।

सुजाता की बात सुन गजेन्द्र अवाक् रह गया। उससे अभी तक जोरावर ने यह सब कुछ छुपा कर रखा था। सुजाता की विकासवादी सोच ने उसके सोए हुए कल्याण कारी भावों को नया जीवन प्रदान किया।

"आप सहीं कह रही हैं। मुझे इसका ज्ञान न था। आप अपना प्रतिवेदंन तैयार करें। आपको किसी भी प्रकार की समस्या नहीं होगी।" गजेन्द्र ने भावुकता से सुजाता को आश्वासन दिया।

गजेन्द्र वापस लौट गया। सुजाता गजेन्द्र के बारे में सोचने लगी। वह उसके भावुकता भरे शब्दों को सुनकर आश्चर्य चकित हो उठी। वह गजेन्द्र के बारे में अब कुछ–कुछ जानने लगी। वह अपने विकासवादी विचारों को गजेन्द्र के अन्दर महसूस कर रही है। गजेन्द्र की स्पष्टता से वह प्रभावित हुई। वह यह जानकर आश्चर्यचकित है कि ऊँची जाति के व्यक्तियों में भी कुछ समझदार होते हैं जो पाप–पुण्य को तौलकर निर्णय लेते हैं। समाज की भलाई के काम करते हैं। निर्धनों का सहारा बनते हैं। गजेन्द्र भी उनमें से एक ही है।

सुजाता के कहने पर हरीश उन्हें फैक्ट्री ले गया। फैक्ट्री को देख सुजाता को ठाकुर का अचानक चेहरा याद आने लगा। फैक्ट्री लगाने के लिए उसने गरीब लोगों की रोजी–रोटी छिन ली पर मरने के बाद वह इसे साथ नहीं ले जा सका। अब सरकार ही उसके परिवार का नमा काला कर देगी। वर्षो की ठकुराई सब चली जाएगी।

हरीश सीधा उन्हें मैंनेजर के रूम में ले गया। सुजाता ने बाहर लगी पटी पर पढ़ा–"गजेन्द्र सिंह"। गजेन्द्र ही इस फैक्ट्री का मालिक है। ठाकुर ने ही उसे पढ़ा लिखा होने से इसका सारा काम सौंप दिया था। पर गजेन्द्र आज अपने आपको तुच्छ महसूस कर रहा है। गरीबों की संपत्ति पर खड़ी फैक्ट्री उसे बार-बार कचोट रही है। वह घोर चिंता में डूबा अपने रूम में अकेला बैठा है। हरीश ने गजेन्द्र को सुजाता व गीता के आने की सूचना दी। गजेन्द्र ने अपने आपको सामान्य मुद्रा में लाना चाहा। गजेन्द्र को देख सुजाता उसके अंदर लगी ज्वाला की तपन को महसूस कर रही है। वह और गीता सामने वाली कुर्सियों पर बैठ गई। गजेन्द्र कुछ बोलता इससे पहले सुजाता ने ही बातचीत शुरू की।

"हाँ तो मैंनेजर साहब हमें आपसे कुछ कागजात चाहिए जिसमें इस फैक्ट्री की स्थापना आदि का विवरण हों।" सुजाता ने कहा।

गजेन्द्र की ज्वाला सुजाता द्वारा उसे इस फैक्ट्री का मालिक कहने पर भड़क उठी पर वह शान्त रहा और जवाब दिया।

"हरीश इनको जिस किसी कागजात की ज़रूरत हो उपलब्ध कराओं। कोई समस्या हो तो मुझे बताओ।"

हरीश गजेन्द्र के जवाब से चकित हो उठा। उसे तो लगा रहा था कि जोरावर ने गजेन्द्र को सुजाता व गीता को लोभ देकर अपनी ओर करने को कहा होगा.पर यहाँ पर तो स्थिति पूरी उल्टी देख वह चुपचाप खड़ा रहा।

"धन्यवाद। हमें बस्ती का भी दौरा करना है अगर आपको कोई ऐतराज नहीं तो......।" सुजाता अपनी बात पुरी भी नहीं कर पाई थी कि गजेन्द्र ने बीच में ही रोका।

"आप चिन्ता न करें। मैं आपको बस्ती ले चलता हूँ। मैं आपके साथ रहूँगा। वैसे भी फैक्ट्री बंद ही होने वाली है। आपके साथ रहूँगा तो कुछ सीखने को मिल जाएगा।"

सुजाता को गजेन्द्र ने एक बार फिर प्रभावित किया। सुजाता मन ही मन खुश हो उठी। शायद दोनों एक दूसरे के साथ नजदीक आ रहे हैं पर किसी को इसका पता नहीं है। दोनों की विकासवादी सोंच ने इसमें बहुत सही भूमिका निभाई है। वैचारिक समानता ही दोनों को अत्यधिक निकट ला रही है। गजेन्द्र सुजाता से बहुत प्रभावित हो रहा है। गीता कुछ समझ नहीं पा रही है.। गजेन्द्र दोनों को साथ लेकर बस्ती पहुँचा।

बस्ती वालों ने साड़ी पहने दो औरतों को गजेन्द्र के साथ जीप से उतरते हुए देखा। यह पहली बार है कि बस्ती में कोई सरकारी कार्य से आया है। गजेन्द्र ने चबूतरे पर चढ़ कर कि घोषणा की "सरकार ने कुटीर केन्द्र के बारे में पूछताछ के लिए इन्हें यहाँ गाँव में भेजा है। ये आप से कुछ जानकारी प्राप्त करना चाहती हैं। मैं चाहता हूँ कि आप इन्हें सहयोग करें।"

बस्ती वाले आश्चर्य चकित हो उठे। शायद पहली बार किसी ठाकुर परिवार से सम्बन्धित व्यक्ति ने चबूतरे पर चढ़ गाँव के बारे में बातचीत की।

गरीबों का सोचा। सुजाता व गीता को बस्ती वाले एकटक देखने लगे। सुजाता को शायद कोई पहचान नहीं पा रहा है। सुजाता की भावनाएँ बाहर आने को उमड़ने लगी पर भावनाओं को नियंत्रित कर सुजाता गीता व गजेन्द्र को साथ लेकर शांति काकी के घर की ओर चल पड़ी। पास के घर पर जाकर सुजाता अचानक रूक गई। अब यहाँ सिर्फ कचरा पड़ा है। भोला की खाट भी इसी के नीचे कहीं दब गई है। चूल्हा जिसमे सुजाता खाना बनाया करती थी वह भी सब मिट चुका है। अपने घर की यह दुदर्शा देख सुजाता को रोना आने लगा। पर किसी तरह वह अपने को संभालकर शांति काकी के घर पहुँची।

शांति काकी दो साल पहले ही चल बसी। पास में रहने वाले भोला बाबा के बहु का पता न चलने से बाबा भी चल बसे। पूछताछ में सुजाता को पता चला।

उधर जोरावर गजेन्द्र के बर्ताव से आग बबूला हो रहा है। उसे गजेन्द्र से परिवार के विरूद्ध जाने की आशा नहीं थी। पिछले कुछ दिनों से गजेन्द्र फैक्ट्री का काम छोड़ सुजाता व गीता के साथ उनकी सहायता में लीन रहने लगा। जोरावर की बातचीत भी गजेन्द्र से कम होने लगी।गजेन्द्र की आँखों में जोरावर के लिए खून सवार रहने लगा।

जोरावर को कुछ भी समझ नहीं आ रहा है। वह अपने भाई के मुँह फेरने से अपने आपको और भी कमजोर महसूस करने लगा। उसे अपने आने वाले अनिष्ठ की अशंकाओं ने घेर लिया। वह हवेली में पड़ा रहने लगा। हवा का हरेक झोंका, हवेली की भव्यता उसे कचोटने लगी। रूपकंवर यह सब देख कुछ समझ नहीं पाती।

16

गजेन्द्र-सुजाता

सुजाता को अपनी ओर आती परछाई नजर आई। रात काफी हो चुकी है। सुजाता को डर लग रहा है। वह पूरी चादर समेट कर बिस्तर पर बैठ गई। तभी उसे आवाज सुनाई दी।

"सुजाता! सुजाता!"

"कौन है वहाँ?"

"सुजाता, मैं हूँ गजेन्द्र।" गजेन्द्र ने धीमी आवाज में कहा।

सुजाता को भय से मुक्ति मिली। वह खिड़की के पास गई। गजेन्द्र ने उसको बाहर आने को कहा। सुजाता गीता को बिना जगाए दबे पांव क्वार्टर के बाहर आ गई। गजेन्द्र सुजाता को देख खुश हुआ। सुजाता भी मंद—मंद मुस्काने लगी। पिछले २ दिनों से सुजाता व गजेन्द्र में काफी नज़दीकी बढ़ गई है। गजेन्द्र सुजाता साथ हर पल रहता पर गीता के साथ रहने से ज्यादा बात नहीं कर पाता। पर आज वह जी भर के सुजाता से बात करना चाहता है। आसपास कोई नहीं है। गजेन्द्र ने सुजाता को देखा फिर उसका हाथ अपने हाथों में ले लिया।

"गजेन्द्र! यें क्या कर रहे हो? कोई देख लेगा।"

"तुम भी बड़ी भोली हो सुजाता। इतनी रात गए कौन यहाँ जाग कर हम को देखने का कष्ट करेगा।"

"पर फिर भी मुझे शर्म आती है।"

"तुम तो गाँव की छोरी की तरह शर्मा रही हो। इसमें शर्म की क्या बात है।"

वे दोनों बाहर चौकी पर बैठ गए। गजेन्द्र अभी भी सुजाता का हाथ पकड़े हुए है। सुजाता कुछ बोल नहीं पा रही है। गजेन्द्र सुजाता के हाथ को धीरे-धीरे सहलाने लगा। सुजाता ने हाथ खींचा और गजेन्द्र की ओर पीठ करके बैठ गई।

विकासवादी विचारों की क्रांति ने दोनों को एक दूसरे के नजदीक ला दिया है। गजेन्द्र ठाकुर के साये में रहने से कल्याणवादी विचारों की होली जला चुका था पर सुजाता की बातों ने उसके मन को फिर हरा–भरा कर दिया। वह पुनः शहर के कॉलेज में अपनी विकासवादी बहसों को याद करने लगा जहाँ वह समाज में समानता, एकता, विकास लाने की बात किया करता।

ठाकुर ने गजेन्द्र के लिए ठाकुरों के यहाँ रिश्ता भी पक्का कर दिया था। पर गजेन्द्र खोखली मान मर्यादा के खातिर अपनी बली नहीं देना चाहता था। उसने ठाकुरों की मूंछों की शान को ठुकराकर शादी से इनकार कर दिया। ठाकुर ने बहुत समझाने बुझाने की कोशिश की पर सब व्यर्थ। अन्ततः ठाकुर ने गजेन्द्र की बात मान ली थी कि वह जिस लड़की से चाहे शादी करे पर लड़की होगी ठाकुरों की। गजेन्द्र को भी चिंता से मुक्ति मिली।

सुजाता को आज अजीब सा अहसास हो रहा है गजेन्द्र के साथ। वह अपने बाबू को याद करने लगी और आँसू झलक पड़े। वह शायद गजेन्द्र को अपने अतीत के बारे में सब बताना चाहती है पर अपने को संयमित कर कुछ न बोल पाई। गजेन्द्र सुजाता को अपनी सपनों को रानी मानने लगा। गजेन्द्र ने कभी भी उससे जात–पात नहीं पूछी न ही ठौर–ठिकाना। बस वह सुजाता को पा लेना चाहता है। इससे शादी करना चाहता है।

सुजाता उसके विचारों को समझती और सम्मान भी करती पर वह अपने आपकों भावनाओं में नहीं बहाना चाहती है। गजेन्द्र उसे अच्छा लगता है। पर वह अपने अतीत को इतनी जल्दी नहीं भुल पाई है। रह–रह कर गोवर्धनपुर की पुरानी यादें ही उसके दिलो–दिमाग में तैरने लगी। उससे वह आहत है।

तभी गजेन्द्र ने सुजाता के कोमल कंधे पर अपना हाथ रखा। सुजाता अपने यादों से बाहर निकलकर चौंकी।

"क्या हुआ सुजाता? क्या तुम खुश नहीं हो।"

"मैं कुछ सोच नहीं पा रही हूँ। समय कैसे अपने आपको कभी–कभी ऐसी स्थिति में ले आया है जहाँ मनुष्य अपने भविष्य को सवारने के लिए अतीत से लड़ता है पर कमजोर मानता हैं।"

"मुझे कुछ समझ नहीं रहा है। तुम किसकी बाते कर रही हो सुजाता?

सुजाता अचानक उठी। 'मैं चलती हूँ गजेन्द्र। कल मुझे प्रतिवेदन भी पंचायत भेजना है दो या तीन दिन और फिर शहर में जाना पड़ेगा।"

सुजाता की आखों में आँसू आ गए। वह उन्हें रोक न पाई और छलक पड़े। गजेन्द्र से यह देखा न गया और उसने सुजाता को गले लगा दिया। सुजाता भी फूट कर रो पड़ी। उसने शायद अतीत को अंदर से आँसूओं के रूप में बहाने की कोशिश की। गजेन्द्र को कुछ भी समझ नहीं आ रहा है। वह सुजाता की मनोस्थिति को नहीं समझ पा रहा है। शायद सुजाता गजेन्द्र से बिछड़ने के भय से दुखी हैं और गजेन्द्र भी।

सुजाता ने गजेन्द्र से अपने आपको अलग किया। अपने आँसू पोछने लगी। गजेन्द्र ने कुछ कहना चाहा इससे पहले ही सुजाता बिना कुछ कहे सीधा क्वार्टर में चली गई। गजेन्द्र विस्मय सा वही खड़ा रहा। उसे कुछ समझ नहीं आ रहा था कि सुजाता की आखिर पीड़ा क्या है? गजेन्द्र इसी सोच विचार में हवेली की ओर चल पड़ा।

17

प्रतिवेदन

"आप क्या चाहती हैं?" हरीश ने पंचायत में चली आ रही सुजाता व गीता से पूछा।

"हमारा प्रतिवेदन तैयार हो चुका है। इस पर सरपंच साहब के हस्ताक्षर करवाने हैं।" सुजाता ने ऊँचे स्वर में कहा।

हरीश प्रतिवेदन को सुजाता के हाथों में देख भयभीत हो उठा। इसी प्रतिवेदन से ठाकुर की सरपंची जानी वाली है और ग्रामसेवक होने के नाते उसकी नौकरी भी। उससे बोला न गया। वह कांपने लगा। सुजाता ने उसकी स्थिति भांप ली। वह सीधा सरपंच कार्यालय पहुंची। सरपंच कार्यालय ठाकुर के समय सुनसान पड़ा रहा पर जब से सुजाता व गीता गाँव में आई थीं जोरावर ने कार्यालय की साफ सफाई करवा दी है।

सुजाता व गीता को कार्यालय की ओर आते देख जोरावर ने अपने सामने बैठे लोगों को इशारे से बाहर जाने को कहा। सुजाता और गीता कार्यालय में पहुँची। जोरावर ने उन्हें बैठने को कहा।

"हाँ तो बताइये। क्या काम है आपको? जोरावर ने पूछा "हमें इस प्रतिवेदन पर आपके हस्ताक्षर चाहिए ताकि इसे हम मंत्रालय को भेज सकें" सुजाता ने प्रतिवेदन को मेज पर रखकर कहा।

"हाँ हाँ क्यों नहीं।" कहते-कहते जोरावर की आवाज लड़खड़ाने लगी। उसका सब कुछ कथित मान मर्यादा ठाकुरों की शान जाने वाली है। वह सोचकर भयाक्रांत होने लगा। भला कोई जानबूझकर अपने पैरों पर कुल्हाड़ी क्यों मारने लगा "अरे आपतो इतनी जल्दी जा रही है। अभी तो हमने आपका आतिथ्य भी ठीक से नहीं किया। कल हवेली में माँ दुर्गा की पूजा है कल

आप वहाँ आइये। मैं वहाँ ही आपको प्रतिवेदन हस्ताक्षर कर दे दूँगा।'' जोरावर ने कूटील हँसी हसते हुए प्रतिवेदन को अपने हाथों में लेकर कहा।

सुजाता जोरावर की कुटील हँसी का अर्थ समझ न पाई और गीता के साथ कार्यालय के बाहर निकल गई।

गजेन्द्र ने सुजाता व गीता को क्वार्टर की ओर आते देख जीप में बैठे' हं र्न बजाया। सुजाता गजेन्द्र से नजरे नहीं मिला पा रही है।

''नमस्ते गीताजी। आज बड़ी खुश नजर आ रही हैं।''

गजेन्द्र ने पूछा।

''हमारा सऱकारी काम जो पूरा हो गया है गजेन्द्र जी।''

गीता ने मजाकिया अंदाज में कहा।

''तो?'' गजेन्द्र ने आश्चर्य से पूछा।

''हम कल ही शहर चले जाएँगे।'' गीता ने जवाब दिया सुजाता चुपचाप खड़ी रही। गजेन्द्र भी दुखी हुआ।

''चलिए मैं आपको नदी घुमा लाता हूँ। वैसे भी आप तो कल तक ही मेंहमान हैं।'' गजेन्द्र ने सुजाता की ओर नजरे कर कहा।

सुजाता व गीता दोनों जीप में बैठ गईं।

पूरे रास्ते गजेन्द्र गीता से बातें करता रहा। सुजाता दोनों की बातों को चुपचाप बैठी सुनती रही। नदी किनारे पहुँचने पर तीनों जीप से उतरकर किनारे पर बैठ गए। गीता नदी के पानी में पहुँचकर पानी से खेलने लगी। सुजाता और गजेन्द्र चुपचाप किनारे पर बैठे रहे।

''तुम क्या सचमुच शहर जा रही हो?'' गजेन्द्र ने सुजाता की ओर नजरें कर पूछा।

''हाँ।'' सुजाता ने रुँआसे स्वर में जवाब दिया। शायद वह गजेन्द्र से बिछड़ना नहीं चाहती है। पर शहर जाना तो अनिवार्य है। और वह बिना कुछ काम के गाँव में रह भी तो नहीं सकती हैं।

''मैं तुम्हे जाने नहीं दे सकता। क्या तुम कुछ और दिन गाँव में नहीं रूक सकतीं।'' गजेन्द्र ने जोर देकर कहा।

"किस काम के लिए रुकूँ गाँव में गजेन्द्र? अब तो वह भी पूरा हो चुका।" सुजाता ने जवाब दिया।

"मेरे लिए ही रूक जाओ। तुम जानती हो मैं अकेला नहीं रह पाऊँगा।" गजेन्द्र ने विनती करते हुए कहा।

सुजाता कुछ क्षण चुप रही। अन्दर से वह भी भावुक हो उठी। वह भी गजेन्द्र से अलग नहीं होना चाहती है पर क्या करे उसे कुछ समझ नहीं आ रहा।

"तुम मुझसे शादी करोगी।" गजेन्द्र ने सुजाता का हाथ पकड़कर पूछा।

"यह तुम क्या कह रहे हो गजेन्द्र। अपनी भावनाओं को नियंत्रित रखो। ऐसा नहीं हो सकता।" सुजाता ने कहा।

"क्यों नहीं हो सकता' सुजाता? क्या यह गलत है?" गजेन्द्र ने पूछा।

"मैं कुछ सोच नहीं पा रही हूँ गजेन्द्र। मुझे थोड़ा वक्त चाहिए। इतनी जल्दी में निर्णय नहीं ले सकती।" सुजाता ने अपनी विवशता व्यक्त की।

"ठीक है। तुम्हें जितना समय चाहिए लो पर मुझे पूरा विश्वास है कि तुम मुझसे ही शादी करोगी।" गजेन्द्र ने दृढ़ निश्चय होकर कहा।

आसमान में बादल छाने लगे। घोर अंधेरा होने लगा। सूर्य भी बादलों के पीछे डूब गया। गीता नदी से बाहर आकर कपडों को निचोड़ने लगी। भारी मन से सुजाता व गजेन्द्र जीप में बैठ गये।

18

प्रतिशोध

दुर्गा पूजा समाप्त हो चुकी थी। सभी लोग एक–एक कर जा चुके हैं। गजेन्द्र को पूजा पाठ में अंधविश्वास की बू आती जिसकी वजह से वह इस कर्म से दूर ही रहता। वह पूजा में सम्मिलित नहीं हुआ। पूजा के लिए बनाये गए यज्ञ में से आग की लपटे निकल रही हैं। जोरावर वहीं सामने आसन पर विराजमान है। हरीश उसके बंगल में ही खड़ा है। ठाकुर के परिवार में कुछ संबंधी भी उससे बातचीत में लगे हुए हैं।

सुनाता व गीता ने हवेली में प्रवेश किया। गजेन्द्र हवेली से बाहर खुली हवा के लिए निकल पड़ा था। आसन पर बैठे जोरावर को देख सुजाता को, क्रोध आने लगा। जोरावर की भयानक हंसी को देखकर सुजाता को उसकी याद आने लगी जिसने रात के अंधेरे में उसकी इज्जत को उछाला था। वह दरिंदा आज सामने बैठा है।

"आइए सुजाता जी।" जोरावर ने हँसी के साथ कहा

"नमस्कार!" सुजाता ने कहा।

"बड़ी देर से आई आप। हम तो सोच रहे थे कि पूजा आरंभ होने से पहले ही आप आ जाएगी।" जोरावर ने कहा। "कुछ काम हो गया था। लाइए हमें प्रतिवेदन लौटा दीजिए।" सुजाता ने कहा।

"प्रतिवेदन तो पूजा के आरंभ में ही यज्ञ में स्वाहा हो गया। आपने बड़ी देर कर दी। बेचारी सुजाता जी।"

जोरावर ने कुटिल हँसी हँसते हुए कहा।

"क्या?" सुजाता क्रोधित होते हुए बोली।

"हाँ। सुजाता जी। उसका तो स्वाहा हो गया।"

"नहीं नहीं। आप ऐसा कैसे कर सकते हैं?" गीता ने जोरावर से सवाल किया।

"आप तो समझदार हैं। फिर कोई भी व्यक्ति अपने पैरों पर कुल्हाड़ी क्यों मारेगा? मैं प्रतिवेदन पर हस्ताक्षर कर अपना सब कुछ लूटा देता। समझदारी दिखाइए गीता जी।" जोरावर ने गुस्से से कहा।

सुजाता आग बबूला हो उठी। गीता ने उसे संभाला। सारे वातावरण में जोरावर की हँसी गूंज उठी। सुजाता अंदर तक हिल उठी। गीता ने सुजाता को वापस चलने को कहा। सुजाता वापस लौट गई। जोरावर ने अपनी चाल चल दी थी। अब बारी है सुजाता की।

सुजाता ने कभी भी महिला केन्द्र में रहने के बाद प्रतिरोध का सोचा तक नहीं था। पर आज की बेईज्जती से उसकी ज्वाला जल उठी। प्रतिरोध की भावना से उसकी आँखें लाल हो उठी। उसने जोरावर को प्रतिशोध की आग में जलाने को सोचा। पर गाँव भर में सभी ठाकुरों से डरते फिर कौन उसका साथ देगा? उधर गीता सामान बाँधने लगी। सुजाता ने उसे रोका और कहा कि हम कुछ दिन और गाँव में रहेंगे। गीता को आश्चर्य हुआ पर सुजाता के आगे कुछ न बोल सकी।

शाम को गजेन्द्र सुजाता से मिलने आया। सुजाता ने सुबह हुई घटना के बारे में बताया और ठाकुरों पर लांछन लगाये कि ठाकुर सभी एक तरह के होते हैं। आज भी ठाकुर अपने स्वार्थ के लिए गरीब नीची जातियों को बलि देने तक से पीछे नहीं हटते।

गजेन्द्र क्रोधित हो उठा। आग बबूला होकर वह सीधा हवेली पहुँचा।

"जोरावर! कहाँ है तू?"

जोरावर ऊपर छत पर अकेला बैठा–बैठा शराब पी रहा है। सुनकर वह सीधा नीचे उतर आया। उसके सामने आज तक ऊँची आवाज में बोलने की हिम्मत तक न की थी और आज खुद का भाई ही इज्जत उतारने पर आमादा हो चला है।

"क्या हुआ? क्यों इतने जोर से चिल्ला रहे हो।"

'शराब के नशे में मदमस्त जोरावर ने चिल्लाकर कहा।

"तुमने प्रतिवेदन क्यों जला दिया?" गजेन्द्र ने गुस्से से कहा।

"तुम्हें इतना दुख क्यो हो रहा है? क्या तू भी उन नीची जातियों के बारे में सोचने लगा? याद रख नीची जातियों के लोगों को हमेशा जूते में ही रखे जाते हैं सिर पर नहीं चढ़ाये जाते।" जोरावर ने जोर देकर कहा।

"तू आज भी ठाकुरों की ओछी मानमर्यादा पर अड़ा हुआ है। तुमने आज तक किया क्या है उन नीची जाति वालों के लिए? केन्द्र की जगह पर फैक्ट्री बनाकर और दुख दिया।' गजेन्द्र ने कहा।

"तुझे आज क्या हो गया है। किस ने भड़काया है? भूल गया तू हमारी मानमर्यादा।" जोरावर ने आँखे निकालते हुए कहा।

"भड़काया किसी ने भी नहीं जोरावर। मुझे पहले ही जग जाना चाहिए था पर आज मुझे कोई नहीं रोक सकता तुम्हारे अन्याय को खत्म करने से।" गजेन्द्र ने गुस्से में जोरावर की कमीज पकड़कर कहा।

जोरावर ने गुस्से में पास पर लटक रही तलवार को निकाल दिया और गजेन्द्र की ओर बढ़ा दिया। गजेन्द्र ने अपने आपको बचाने की कोशिश की पर जोरावर शराब के नशे में उसे मारने पर उतारू हो गया। रूपकंवर यह सब देख दौड़ती-दौड़ती नीचे आई और जोरावर को रोकने की कोशिश की पर जोरावर ने उसके बाल पकड़कर फेंक दिया। वो जाकर तख्त पर जा गिरी और तख्त के कोने से सिर टकराने से वह बेहोश हो गयी। यह देख गजेन्द्र का खून खौलने लगा उसने जोरावर के हाथों से तलवार छिन कर जोरावर के पेट में घुसेड़ दी।

जोरावर वही धम्म से गिर पड़ा। गजेन्द्र हाथ में खून से सनी तलवार को देख हतप्रभ रह गया। उसका क्रोध काफूर हो गया। रूपकंवर को होश आते ही जोरावर को खून से लथपथ जमीन पर पड़ा देखा तो अपना होश खो बैठी और गजेन्द्र को मारने लगी। गजेन्द्र वहीं खड़ा रहा। रूपकंवर रोते-रोते गजेन्द्र के चरणों में गिर पड़ी। गजेन्द्र को कुछ समझ में नहीं आ रहा है। उसने रूपकंवर को उठाया।

गजेन्द्र ने अपना होश संभाला। लाश को उठाकर दीवार के सहारे रख दिया। खून को साफ कर दिया। जोरावर के कपड़े बदले और पास में दारू रख दी। रूपकंवर का रो–रोकर बुरा हाल हो गया। घर में गजेन्द्र के अलावा कोई न था। उस सुनसान हवेली में डर का माहौल पैदा हो गया। रूपकंवर का बेटा उससे लिपट कर रोने लगा। गजेन्द्र ने उनको संभाला।

खबर मिलते ही सभी संबंधी आ पहुँचे। सुबह से ही हवेली भरी हुई है। गजेन्द्र ने जोरावर के शराब पीकर सीढ़ियों से लड़खड़ाने से मौत होने की बात फैला दी थी। सभी बहुत दुखी हैं। रूपकंवर ने गजेन्द्र का साथ दिया। वह भी जोरावर को पति के रूप में पाकर अत्याचार ही सह रही थी। बस्ती वाले खुश हैं। हवेली में मातम छाया हुआ है।

जोरावर का अंतिम क्रियाक्रम कर दिया गया। पुलिस तक ने ठाकुरों के मामले में पूछताछ करने तक की हिम्मत तक न जुटाई। गजेन्द्र बस्ती वालों के लिए खुश है। सुजाता को पता चला तो खुश हुई। उसका प्रतिशोध समाप्त हुआ।

19

गोमती का अतीत

फैक्ट्री की जगह कुटीर केन्द्र लगाया गया। बस्ती के लोगों की आजीविका अच्छे से चलने लगी। मजदूरी भी ज्यादा मिलने लगी। विद्यालय में बच्चों की संख्या बढ़ गई। स्वास्थ केन्द्र में डॉक्टर भी 24 घण्टे उपलब्ध रहने लगे। बस्ती में सरकारी डेयरी खुल गई। पक्की सड़क बन गई। गाँव में शहर से बसें भी आने लगीं। इंदिरा आवास के तहत बस्ती में सभी घर पक्के बने। घर–घर में शौचालय बने। सभी सुखी हैं। लोगों का शासन आ गया। इस शासन की प्रतिनिधि है सुजाता।

सुजाता ने पंचायत का चुनाव लड़ा और जीत गई। पिछले दो साल में ही उसने गाँव की तकदीर बदल दी। सभी सुजाता को दुआएँ देने लगे। सुजाता ने गजेन्द्र से शादी कर ली। उनका एक साल का बेटा भी है जिसका नाम सुजाता ने बाबू रखा है। गजेन्द्र की सहायता से उसने गाँव में हर एक सुविधा उपलब्ध करवाई और प्रयासरत है। पर सुजाता ने अपना अतीत सबसे छुपाये रखा। गजेन्द्र को कभी पता तक न चला।

सुजाता अपने खोये हुए परिवार को गजेन्द्र व बाबू के रूप में पाकर खुश है। रूपकंवर अभी भी हवेली में रहती है। सुजाता उसे सदा खुश रखने की कोशिश में रहती। बाबू भी रूपकंवर के लड़के के साथ दिन भर खेला करता है। अब गाँव में कोई भी उँच-नीच के बारे में सोचता तक नहीं है। सुजाता ने कमला दीदी को केन्द्र के लिए एक बड़ी सहायता राशि भी दी। दीदी यह सब देख खुश है।

नियति को कुछ और ही मंजूर था। एक ही पल में सुजाता का खुशहाल परिवार टूटी माला के मोतियों की तरह बिखर गया। सुजाता को तो विश्वास ही नहीं हुआ। पूरा गाँव शोक संतृप्त हो उठा।

आज सुबह सुजाता कुछ जल्दी में लग रही है। सुन्दर उसे बुलाने सुबह ही आ गया है। आज सुजाता से मिलने समाज कल्याण मंत्रालय से अफसर आने वाले हैं तथा बस्ती का परीक्षण कर अनुदान की राशि निर्धारित की जानी है। गोमती ने सारे कागजात कल ही तैयार कर लिए थे। सुजाता जल्दी–जल्दी सुंदर के बुलावे पर ही अफसर पंचायत पहुंच गये सुनते ही हवेली में अपने कमरे से कागजात समेटते हुए निकली कि जल्दबाजी में बहुत सारी किताबे नीचे गिर पड़ी। उन पर ध्यान दिये बिना वह सीधा जीप में आगे वाली सीट पर बैठ गई और पंचायत निकल पड़ी।

"सुजाता! सुजाता! सुनो।" कहते–कहते गजेन्द्र उसके पीछे कमरे में पहुँचा पर उससे पहले ही सुजाता निकल चुकी थी। वह बाबू को सोता हुआ छोड़ सुजाता के पढ़ने वाले कमरे में गया। बाबू को दो–तीन दिन से हल्का बुखार आ रहा है। गजेन्द्र व सुजाता दिन–रात उसकी देखभाल में लगे रहे पर आज सुजाता को पंचायत जाना ही पड़ा। गजेन्द्र उसे जल्दी ही हवेली आने को कहना चाहता था पर सुजाता तो बिना सुने ही निकल पड़ी।

गजेन्द्र नीचे गिरी किताबों को उठाकर अपनी जगह रखने लगा। तभी एक डायरी नुमा किताब पर आकर वह ठहर गया और उसे पढ़ने लगा। वह डायरी सुजाता की है।

सुजाता को अफसरों के साथ बस्ती में जाकर परीक्षण करने, बैठक करने और उनको विदा करने में शाम हो गई। बाबू के बारे में वह चिंतित हो उठी। पंचायत के सरपंच कार्यालय में बैठी वह अभी भी फाइलों में लगी हुई है। सुन्दर दौड़ता-दौड़ता कार्यालय के पास आकर रूक गया।

सुजाता सुन्दर को हाफते देख समझी की गजेन्द्र ने बुलावा भेजा है वह झट से अपनी फाइलों को मेज पर रखने लगी। तभी सुन्दर ने जो कहा उससे तो सुजाता पर कहर ही पड़ गया।

"दीदी दीदी! गजेन्द्र भैया ने आत्महत्या कर ली। उनकी लाश मिली है नदी से"।

यह सुन सुजाता तो जैसे होश खो बैठी। वो वहीं गिर पड़ी। कुछ न बोल पाई। आँखे सूख गई। एक आँसू न निकला। बस्ती से आई औरतों ने सुजाता को संभाला और नदी पर ले गए।

लाश को नदी से निकाला जा चुका है। भीड़ लगी हुई है। औरते रोने लगी। सुजाता की आँखों में आँसू नही हैं। लाश को देखते ही वह घुटनों के बल गिर गई और गजेन्द्र का चेहरा देखने लगी। उसकी आँखों से घिरे आँसू गजेन्द्र के चेहरे पर गिरने लगे। सुजाता फूट-फूटकर रोने लगी। औरतें उसे संभालने लगीं।

"मैडम ये सुसाइड नोट मिला है गजेन्द्र बाबू के जेब से।" इंसपेक्टर ने सुसाइड नोट सुजाता की ओर बढ़ाते हुए कहा।

सुजाता ने अपने आँसू पोछे। हिम्मत करके उसने सुसाइड नोट को लिया और पढ़ा और उसको अपनी आँखों पर विश्वास नहीं हुआ। जिस अतीत को वह सभी से छुपाकर रखना चाहती थी उसी ने गजेन्द्र को सुजाता से छिन लिया। सुजाता अब और फूट–फूट कर रोने लगी। सुसाइट नोट में लिखा था–

"मेरी गोमती

मैंने तुम्हारी डायरी पढ़ी। मुझे ग्लानि का अहसास हुआ। मैं अपने आपको रोक न सका। तुम्हारे साथ इतने अत्याचार हुए और तुम इतनी हिम्मत से लड़ती रहीं और मैं कुछ न कर सका। तुम्हारे पति बाबू के बारे में मैं कुछ बताना चाहता हूँ। उसे जोरावर ने ठाकुर के कहने पर पीट–पीटकर मार डाला था। मैं वो सब देखता रहा। पूछने पर ठाकुर ने कर्ज न लौटाने की बात कह कर मेरे सवालों को शांत कर दिया। पर तुम्हारा अतीत जानकर मुझे अपनी गलती का अहासास हुआ और मैं अब तुम्हारी आँखों के सामने गिर चुका हूँ। मैं अब बाबू की आँखों में आँखे डालकर उसे छोटा होने का अहसास कराना नहीं चाहता हूँ। इसलिए गोमती मैं तुम्हें छोड़कर जा रहा हूँ शायद यही मेरा प्रायश्चित है। मुझे माफ करना।"

"तुम्हारा गजेन्द्र"

सुजाता अपने अतीत को कोसने लगी। वह एक बार फिर अपने को असहाय महसूस करने लगी। उसे शाम का अंधेरा और घना होता नजर आने लगा। वह कुछ सोच नहीं पा रही थी।

सुजाता ने बाबू को अपनी गोद में लिया। सब लोग उसे देखने लगे। सुजाता अपने अतीत से पीछा छुड़ाने व अपने और अपने बच्चे के लिए नई सुबह की खोज में उस घोर अंधेरे में चलने लगी।